Rainer Gottwald

Nebelnacht

Rainer Gottwald

NEBELNACHT

Kriminalroman

rosenheimerkrimi

Die Handlung dieses Romans ist frei erfunden. Eventuelle Ähnlichkeiten der Romanfiguren mit lebenden oder toten Personen sind nicht beabsichtigt, ebenso wenig eine Beschreibung der Verhältnisse in tatsächlich existierenden Institutionen, Organisationen oder Vereinigungen.

Besuchen Sie uns im Internet:
www.rosenheimer.com

Lektorat und Satz: VerlagsService Dr. Helmut Neuberger &
Karl Schaumann GmbH, Heimstetten
Titelfoto: © andreiuc88 – fotolia.com
Druck und Bindung: CPI Moravia Books, s. r. o.
Printed in Czech Republic

ISBN 978-3-475-54122-3

Prolog

Manche Nächte sind dunkel, andere mondhell. Im herbstlichen Bayern überwiegen die Nächte, in denen man fast gar nichts mehr sieht – außer Nebel. Die Scheinwerfer des Autos, das südwestlich von Rosenheim zwischen Thansau und Stephanskirchen über die Landstraße kroch, durchschnitten diesen Nebel nicht, sie diffundierten nur in dem wabernden Leuchten und machten es demjenigen, der da hinter dem Steuer saß, nicht wirklich leichter, den richtigen Weg zu finden.

Das Auto hielt auf eine Hofeinfahrt zu und bremste. Ein Beobachter, der Zeuge der Szene geworden wäre – wenn es ihn denn gegeben hätte – hätte die grellroten Bremslichter gesehen, dann das Knirschen der Reifen auf dem Kiesboden der Hofeinfahrt gehört und dann nach einer Weile zuerst das Öffnen, gefolgt vom Schließen einer Autotür. Er hätte versucht, etwas zu erkennen, aber einsehen müssen, dass gegen den Nebel kein Kraut gewachsen war, und sich weiter nur auf sein Gehör verlassen müssen. Er würde das Öffnen der Kofferraumklappe gehört haben, einige Geräusche, die kaum zu identifizieren waren, darunter einige angestrengte, keuchende Atemzüge, dann aber endlich wieder ein eindeutiges Geräusch, das klang, als würde etwas über den Kiesboden geschleift.

Schließlich noch das Zuschlagen des Kofferraumes, das Öffnen der Fahrertür, wieder das Zuschlagen, Motorengeräusch – und dann hätte der Beobachter sehen können, wie sich die roten Lichter langsam von ihm weg bewegten, um nach nur wenigen Metern vom Novembernebel verschluckt zu werden. Aber, wie gesagt, so einen Beobachter gab es nicht in jener Nacht …

1.

Handyalarm ist schlimm. Handyalarm plus Vibrationsalarm ist schlimmer. Handyalarm plus Vibrationsalarm plus schlafender Kriminalkommissar um halb acht Uhr morgens an einem Sonntag ist eine Brutalität! Vor allem dann, wenn sich der betreffende Kriminalkommissar nicht in seinem angestammten Bett befand und sich zuerst mühsam orientieren musste. Das Handy lag auf einem Nachttisch – nicht seinem Nachttisch - und vibrierte mit einer solchen Heftigkeit, dass Caspar Balthasar Melchior das Wettrennen gegen die Schwerkraft verlor und sich mit einem Seufzer nach dem auf den Boden gefallenen Telefon strecken musste.

»Melchior, vermutete Uhrzeit: fünf Uhr dreißig«, meldete er sich mit belegter Stimme.

»Oh! Aha, sieben Uhr dreißig ... Knapp daneben ist auch vorbei. Was gibt's?«

In weiser Voraussicht der Dinge, die jetzt unweigerlich kommen würden, schlug Melchior schon einmal die Bettdecke zurück, und sofort wurde ihm unangenehm kalt.

»Ja ... natürlich bin ich wach – jetzt! ... Aha! ... Sagen Sie, können sich die Leute keine andere Zeit zum Sterben aussuchen? Klasse! ... Ja, natürlich komm ich. Wo? ... Wo ist das? – Wie weit ist das draußen? ... In Ordnung. In einer halben Stunde bin ich da. Geben Sie mir die genaue Adresse per SMS für mein Navi ... Alles klar. Schönen Sonntag noch!«

Das Letzte war ironisch gemeint. Es hätte ein wenigstens halbwegs erträglicher Sonntag werden können. Aber jetzt war diese Hoffnung verloren … A propos verloren: mitten hinein in diesen wenig erfreulichen Gedankengang verlor Melchior schon das zweite Duell des frühen Tages. Nachtkästchen versus kleiner Zeh 1:0. Humpelnd und fluchend ging Melchior Richtung Bad. Nicht sein Bad, natürlich.

Melchior verbrachte diesen Novembersonntag nicht in seinem angestammten Heim, sondern in einer kleinen Pension am südlichen Stadtrand von Rosenheim. Nicht dass er es so schön gefunden hätte, in einer Pension zu wohnen, sondern weil er aus seiner eigenen Wohnung ausgezogen war. Und ausgezogen war er, um genau zu sein, zwei Tage zuvor, pünktlich zum Wochenende, weil es ihm angebracht erschien, nicht mehr unter einem Dach mit seiner zukünftigen Ex-Frau zu leben, da er nun schon einmal beschlossen hatte, die Scheidung einzureichen.

Deshalb war Melchior heute in ungewohnter Umgebung aufgewacht. Nichts gegen die kleine Pension in Aising, man gab sich dort alle Mühe, den Gast gut zu versorgen. Auch das Essen war durchaus genießbar. Aber Melchior vermisste sein Bett, sein Badezimmer, seinen Fernseher und noch einiges mehr. Trennungsschmerz? Nein! Den empfand er höchstens wegen seines Sohnes, ganz bestimmt nicht um der Frau willen, mit der er die letzten elf oder zwölf Jahre verbracht hatte. Schlussendlich hatte er nur die Konsequenz aus diesem Debakel namens Ehe gezogen und war gegangen. Manche Ehen sollten, wenn sie schon unglücklicherweise geschlossen worden waren, wenigstens beizeiten beendet werden. Diese war so eine – gewesen … Was würde nun kommen? Noch keine Ahnung. Aber seine Scheidungsklage würde spätestens am Montag bei der gegnerischen Partei ankommen. Im Moment konnte er nicht mehr tun, als in dieser kleinen Pension zu bleiben – mit dem bisschen Zeug, das er mitgenommen hatte. Er hatte eigentlich heute zu Hause vorbeischauen wollen, um Nachschub zu holen und vielleicht ein paar Worte auszutauschen, wobei er befürchtete, dass besagter Austausch ohnehin nichts bringen würde. Mal sehen, ob es überhaupt dazu kam.

Wie schon erwähnt, schlurfte Melchior leicht hinkend ins Badezimmer, knurrte verkniffen »Abruhigen, Alter!« Das war seine eigene Wortschöpfung – oder die von Schweingruber? Er beschloss, ganz einfach darauf zu hoffen, dass ihm wenigstens ein schöner Mord beschieden sein und die Arbeit wieder mehr Spaß machen würde als in letzter Zeit.

2.

Was wäre man ohne die moderne Technik? Tatsächlich wäre Melchior, dessen Orientierungssinn von dem einer Brieftaube etwa so weit entfernt war wie die Erde vom Mond, ohne sein Navigationsgerät sicher erst eine Stunde später angekommen. Ja, sicher. Das war eine gut ausgebaute Hauptstraße. Sie verband zwei weltberühmte Orte miteinander, Thansau und Stephanskirchen. Aber dennoch: Die kleine Abzweigung hinüber zum Waldrand, wo der Gasthof stand, hätte Melchior auch bei längerer Suche nicht gefunden, wenn ihm das Navi nicht eindeutig: »Die nächste Straße links!« befohlen hätte. Dabei musste man ihm allerdings zugutehalten, dass die Sichtweite auf Grund des Nebels nicht mehr als vielleicht zwanzig Meter betrug und er daher den Gasthof von der Straße aus gar nicht sehen konnte.

So verging in der Tat nicht mehr als eine halbe Stunde vom Zeitpunkt des Anrufes in der Pension bis zum Anhalten des ... o ja! Inzwischen fuhr Melchior anstelle eines kleinen Japaners einen ebenso kleinen Koreaner! Also bis zum Anhalten des kleinen Koreaners im Hof der Gastwirtschaft.

Melchior stieg aus und zog erst einmal fröstelnd den Kragen seines Mantels hoch. Die nasse Kälte war ihm – auf Grund der schwächelnden fernöstlichen Heizung – schon während der Fahrt unangenehm in die Knochen geschlichen, ganz besonders in Kontrast zur behaglichen Wärme des Bettes, obgleich es nicht sein Bett war. Aber jetzt schlug der oberbayerische November mit aller Macht zu!

Er atmete Nebel ein, und er atmete Nebel aus. Nahe an einem Schüttelfrost schlug er die Autotür zu und ging die letzten Meter zu Fuß zum Ort des Geschehens.

Er durfte nicht vergessen, sich ein paar warme Pullover einzupacken, wenn er nach Hause kam – wenn!

Doktor Gerstner war bereits da. Wie er es schaffte, immer schneller zu sein als alle anderen, hatte Melchior nie herausbekommen! Er hatte ihn im Verdacht, angezogen und mit dem Arztkoffer neben dem Bett zu schlafen. Ansonsten standen nur die fast obligatorischen zwei Streifenpolizisten herum, die als Erste herbeigerufen worden waren und dann die notwendigen Meldungen erstattet hatten.

»Morgen, Kollegen, so eine Saukälte, was?« Gut, man hätte eine Konversation sicher intellektueller eröffnen können, aber das durfte man bei so einem Wetter nicht von Melchior erwarten.

Die Kollegen nickten zustimmend, was sonst. Sie waren gerade mit der ordnungsgemäßen Absperrung des Tatortes beschäftigt – und vermutlich auch damit, selbst möglichst wenig zu schlottern.

Melchior wandte sich dem Pathologen zu: »Morgen, Doc. Was haben wir denn da? Wer konnte da mit seinem Ableben nicht warten, bis ich ausgeschlafen hatte?«

Gerstner sah kurz auf. »Ach, unser Herr Oberkommissar! Tagchen auch. Nicht ausgeschlafen? Genau so sehen Sie auch aus…«

Er stutzte, sah Melchior genauer an, dann legte er den Kopf schief und kniff die Augen zusammen. Nach einem medizinisch-fachmännischen Blick ergänzte er: »Genau gesagt sehen Sie scheußlich aus, Melchior!«

»Ja, ja. Dank auch schön! Nur immer drauf auf die Kleinen. Wenn's Spaß macht … Kommen wir lieber zum Geschäft!«

Gerstner deutete auf die Leiche. »Ja, nun: weibliche Leiche, Anfang bis Mitte zwanzig. Ich bin selbst erst zwei Minuten da, hab noch nicht mit der genauen Untersuchung angefangen, kann Ihnen noch nicht viel sagen. Nur, dass sie an der Vorderseite keine sichtbaren Verletzungen hat.«

Einer der Polizisten, die Melchior nicht kannte, fühlte sich zu einer Erklärung genötigt.

»Die Wirtin hat sie heute Morgen gefunden und uns verständigt. Sie macht uns übrigens gerade eine Tasse Kaffee, also – ich meine die Wirtin.«

»O ja, danke, das könnte ein paar Probleme lösen. Also keine sichtbaren Verletzungen ... Merkwürdig, sie hat nur ein T-Shirt an und die Jeans. Hatte sie sonst nichts bei sich? Eine Jacke? Handtasche? Irgendwas?«

»Wir haben nichts gesehen.«

Melchior sah sich unnötigerweise kurz um und meinte dann: »So kann sie doch nicht hierhergekommen sein – viel zu kalt! Also war sie entweder im Wirtshaus oder ... nicht anzunehmen, dass sie sich hier zum Sterben hergelegt hat. Vielleicht war sie drogensüchtig?«

Gerstner fuhr ihm sofort in die Parade. »Keine Einstiche am Arm. In den Augen kann ich auch nichts erkennen. Drogentod kann, denke ich, ausgeschlossen werden. Helfen Sie mir mal!«

Der Arzt hob die Leiche mit geübtem Griff an und drehte sie herum, noch ehe Melchior mit anpacken konnte. Doch nach einem kurzen Blick hätte er das auch nicht mehr gekonnt. Auch Doktor Gerstner entrang sich ein Ausruf der Überraschung.

»Na, sieh mal einer da! Dann ist ja fast alles klar! Aha! Melchior, schauen Sie mal! Melchior! Ihr Genick ist gebrochen. Was ist denn?« Höhnisch setzte er hinzu: Ach du meine Güte, unser Sensibelchen schon wieder! Lernen Sie es denn nie?«

In dem Moment, in dem der Kopf der Leiche beim Herumdrehen in unnatürlichem Winkel nach hinten weggeknickt war, hatte sich Melchior sofort abgewandt. Nicht auf nüchternen Magen! Genau betrachtet, auch nicht auf vollen Magen. Auf keinen Magen!

Er knurrte nur: »Warum glauben Leute wie Sie eigentlich immer, dass der Anblick einer Leiche etwas Appetitliches ist. Also mir vergeht er dabei jedenfalls …«

»Mir nicht!«, versetzte der Pathologe. »Heut Mittag macht mir meine Frau einen anständigen Schweinsbraten mit Blaukraut und … oh, sorry, das hätte ich jetzt nicht sagen sollen, oder?«

Gerstner verzog reumütig das Gesicht. Melchiors gegenwärtiger familiärer Status war Tagesgespräch in der gesamten Polizeiinspektion und daher natürlich auch ihm bekannt.

Melchior winkte nur ab. »Das mit dem Braten oder das mit der Frau? Ach, egal - beides nicht!«

»Also, ich kann nichts dafür, dass Sie zu Hause rausgeflogen sind«, verteidigte sich Gerstner.

»Ich bin nicht rausgeflogen, ich bin ausgezogen, das ist ein Unterschied!«

Dr. Gerstner hob beschwichtigend die Hände.

»Jetzt haben Sie sich nicht so, Mann Gottes! Ich wollte auch nicht … nichts für ungut! Können wir jetzt? Also, die Tote ist mit allergrößter Wahrscheinlichkeit an einem Genickbruch gestorben. Das ist ja zunächst offensichtlich. Sie hat eine quer verlaufende, deutliche Verletzung am Hinterkopf, was bedeuten könnte – wieder mit aller Vorsicht –, dass sie sich den Bruch beim Aufprall auf eine harte Kante zugezogen hat. Der Wunde nach war es eine eher rundliche Kante, würde ich sagen, nicht scharfkantig. Es könnte sich um Holz gehandelt haben, eine abgerundete Tischkante zum Beispiel, aber wie gesagt …«

»Mit aller Vorsicht, ich weiß. Genaueres nach der Obduktion, auch das hab ich schon öfters gehört. Die Frage ist nun: Unfall oder Verbrechen? Hier an dieser Stelle ist sie ja wohl nicht gestorben?«

Der Arzt winkte sofort ab. »Auf keinen Fall. Die Wunde muss stark geblutet haben, zwar nur für kurze Zeit, aber dennoch: Hier ist kein Tropfen Blut zu sehen. Das heißt: Als sie hier abgelegt wurde, war sie schon längst tot.«

Melchior nickte zufrieden. Na also, das war doch schon was. »Und ich sehe hier auch keine Kante, egal ob aus Holz oder sonst was, an der man sich das Genick brechen könnte, habe ich recht?«, ergänzte er. »Allerdings, im Gasthaus selber ... Ich werde, glaube ich, doch mal hinein schauen. Kann ja nichts schaden. Ich bring dann den Kaffee mit raus. Kollegen ...«

Er tippte mit den Fingern an die nicht vorhandene Mütze und ging langsam in Richtung des Einganges. Seine Beine waren etwas wackelig, teils von der Kälte, teils von dem unangenehmen Anblick, den er da über sich ergehen lassen musste.

Melchior war sich seiner Defizite – und seine übermäßige Empfindlichkeit gegenüber dem Anblick von Leichen gehörte sicherlich dazu – durchaus bewusst und arbeitete daran, gewisse Dinge zu verbessern. Man sagte ihm zum Beispiel eine gewisse Tollpatschigkeit nach – nicht ganz zu Unrecht, wie die Aktion »Nachtkästchen« am Morgen gezeigt hatte. Aber so oft wie in früheren Jahren erwischte es ihn nicht mehr und wenn, dann wenigstens nicht vor anderen Menschen, so wie heute! Alles eine Frage der Betrachtungsweise, wie der Philosoph zutreffend anmerkte! Wenn im Wald ein Baum umfällt, und keiner hat's gesehen, hat sich dann Oberkommissar Caspar Balthasar Melchior wirklich den kleinen Zeh am Nachtkästchen gestoßen?

Nur seine tiefe, urtypische Abneigung für die Auswirkungen von Gewaltverbrechen, die konnte und konnte er nicht abstellen. Da helfen auch keine hundert Berufsjahre, dachte er für sich. Ein gebrochenes Genick, klaffende Wunden, Blut, abgetrennte Gliedmaßen – so etwas war und blieb für ihn Horror, noch dazu bei einem jungen, durchaus hübschen Mädchen wie dem, das jetzt tot auf dem kalten Kiesboden des Hofes lag. Es würde ihm wohl noch in hundert Jahren den Magen umdrehen, wenn er so was sehen musste.

Die Wirtin hieß Schifferer und entsprach genau dem gängigen Bild einer Gastwirtin auf dem Land. Sehr gemütlich, wie es der Deutsche liebt, umgänglich, freundlich, dabei aber resolut und mit Oberarmen, die bei anderen als Wadln durchgehen würden. Sie räumte gerade das Geschirr aus der Spülmaschine, der Kaffee lief geräuschvoll in eine große Kanne und duftete fantastisch. Melchior klopfte an die schon offen stehende Tür zur Gastschänke.

»Immer herein da!« Die Wirtin richtete sich auf und sah Melchior mit festem Blick offen und erwartungsvoll entgegen. Nach zwei Sekunden war Melchior bereits fest überzeugt, dass die Tote nicht in diesem Raum gestorben sein konnte. Was ihn allerdings nicht daran hinderte, den Fußboden und die Tischkanten genau zu inspizieren. Also, Blutlache war da keine, aber das war ja nun wirklich nicht zu erwarten gewesen.

»Guten Morgen! Oberkommissar Melchior, Kripo Rosenheim. Haben Sie kurz Zeit für ein paar lästige Fragen, Frau …?«

»Schifferer. Natürlich. Kommen S' nur her. Ungemütlich draußen, gell. Hier drin ist's schön warm. Wollen S' einen Kaffee zum Aufwärmen?«

»Danke, sehr freundlich. Würde mir guttun.«

Melchior setzte sich an den nächstbesten Tisch, warf noch mal ein paar Blicke in die Ecken des Raumes und rieb sich die Hände. Die Wirtin nahm eine Tasse und einen Löffel und stellte sie vor ihn auf den Tisch.

»Frische Semmeln hab ich leider noch nicht, sonst tät ich sie Ihnen gern anbieten. Warten Sie, der Kaffee ist sofort fertig.«

Melchior winkte ab. »Kein Problem. Herzlichen Dank. Dass es halt auch immer so kalt und nass sein muss ...«

»Mei! Ist halt die Jahreszeit. Da kann man nichts machen!«

Auch diese Konversation ließ ein gewisses intellektuelles Niveau durchaus vermissen. Aber da kann man halt nichts machen.

Die Wirtin schraubte den Deckel auf eine große Thermoskanne und stellte sie auch auf den Tisch.

»Da stehen Milch und Zucker. Bedienen Sie sich! Aber lassen Sie den Kollegen draußen noch was übrig!«

Melchior ließ sich nicht zweimal bitten.

»Vielen Dank. Schwarz. Süßstoff haben Sie nicht? Egal, geht so auch... Mich würde interessieren ...« Melchior nahm einen kleinen Schluck. »Mmh, der Kaffee ist gut!« Er trank einen größeren Schluck. »Frau Schifferer, ob Sie die Tote da draußen schon einmal gesehen haben, vor allem am gestrigen Abend.«

Die Wirtin schüttelte energisch den Kopf. »Ah, woher denn! Sie können mir glauben, dass ich jeden meiner Stammgäste kenne. Wissen Sie, sonst kommen um die Jahreszeit nicht allzu viele Leute hierher. Wir liegen ja ein bisserl ab von der Hauptstraße, verstehen Sie? Ja, im Sommer, da ist der Biergarten immer randvoll, jedenfalls am Samstag. Aber jetzt... Gestern Abend waren vielleicht zehn Leute da, mehr nicht, alles Stammgäste aus der Umgebung. Das Mädchen wär mir sicherlich aufgefallen. Die gehört doch auch eher in eine Disco, so eine kommt doch da nicht her. Haben Sie gesehen, wie die geschminkt war? Dafür hat sie eine Stunde vor dem Spiegel gestanden, da wette ich!«

Notiz im Hinterkopf: Die Tote war für eine Party geschminkt. Jetzt, da die Wirtin es sagte, fiel es Melchior auch auf. Wo sie recht hat, hat sie recht …

»Trotzdem«, wandte Melchior ein. »Auch wenn nur Stammgäste da waren… ist gestern Abend irgendetwas liegen geblieben? Ich meine, Mantel, Jacke oder eine Tasche? Auch auf den Toiletten zum Beispiel? Die Tote könnte sich ja unbemerkt eingeschlichen haben.«

»Nein, sicher nicht. Mein Mann kontrolliert das immer ganz genau, bevor wir zumachen. Äh, der schläft übrigens noch, mein Mann. Wenn Sie ihn brauchen, wecke ich ihn natürlich, aber ich bin sicher, der weiß auch nicht mehr. Hier hat niemand etwas vergessen … Sie meinen, weil sie fast nichts anhat, das arme Ding?«

Melchior nickte. »Genau deshalb. Weil Sie es schon sagen – zumachen! Wann haben Sie denn gestern zugemacht?«

»Um elf haben wir die letzte Runde ausgegeben, das machen wir immer so. Der letzte Gast ist dann ungefähr um zwölf gegangen. Der Luggi war's. Wissen S', ich finde das auch seltsam, dass sie so wenig anhat. Sie muss doch gefroren haben wie ein Schneider da draußen. Oder meinen Sie, dass sie mit dem Auto gekommen ist?«

»Na, dann müsste doch ein Auto da sein. Ist denn eines auf dem Parkplatz, das nicht hierher gehört?«

»Nein, nein! Das sehen Sie ja selbst. Da ist nur unserer, sonst nix.«

Melchior hob die Arme. »Sehen Sie? Und haben Sie in der Nacht ein Auto gehört?«

»Also bestimmt nicht im Hof. Wir schlafen nach der anderen Seite raus. Und selbst wenn! Autos kommen immer wieder welche vorbei, auch in der Nacht. Woher soll ich wissen ...«

»Ist schon klar...« Melchior trank seinen Kaffee aus. »Ja, danke. Ich glaube, für den Moment reicht mir das. Wenn Sie noch so freundlich wären: Ich meine, wenn Sie Ihre Stammgäste schon alle kennen, könnten Sie mir dann eine Liste schreiben, wer gestern von elf bis zwölf noch da war? Wenigstens die Namen.«

Frau Schifferer zögerte etwas. »Ja, schon! Also, wie gesagt: Da war der Luggi – wie heißt denn der bloß mit Nachnamen? Da wäre es besser, wenn Sie meinen Mann fragen täten. Der kennt sie alle auch beim Nachnamen. Wissen Sie, ich frag da net, wer wer ist.«

Melchior winkte bloß ab. »Jetzt nicht. Das pressiert nicht. Warten Sie, bis Ihr Mann aufgestanden ist. Sie können sich ruhig Zeit lassen. Ich hol mir die Liste dann morgen ab. Also, vielen Dank für den Kaffee und für die Auskünfte. Sehr freundlich von Ihnen.«

Melchior stand auf, kam aber nur geschätzte zwanzig Zentimeter weit.

»Warten Sie, der Kaffee für Ihre Kollegen!«

Höflicher Einwand: »Aber das wäre doch nicht nötig gewesen.«

»Aber was! Mache ich gerne.« Die Wirtin hatte das Tablett schon in der Hand. »Die tun auch nur ihren Job und das bei der Kälte. Drei Tassen, gell? So, und die Kanne! Halt! Der Zucker noch... Geht's so? Lassen Sie's fei nicht fallen...«

O ja, die Gefahr bestand durchaus.

»Warten S', ich halt Ihnen die Tür auf!«

Melchior lieferte eine zirkusreife Vorstellung, aber er schaffte es, das Tablett schadenfrei in den Hof zu transportieren – wieder ein kleiner Sieg, auch wenn das der Menschheit ziemlich egal war!

Doktor Gerstner packte gerade seine Utensilien zusammen. Melchior stellte das Tablett, als ob es das Leichteste auf der Welt gewesen wäre, auf die Kühlerhaube des Polizeiwagens und schenkte drei Tassen ein. Dann griff er in seine Manteltasche, holte ein Päckchen heraus und zündete sich eine Zigarette an.

»Oha«, knurrte Gerstner unwirsch. »Seit wann denn das, Melchior? Hab ich ja noch nie gesehen.«

Melchior zuckte mit den Achseln und genehmigte sich einen tiefen Zug und noch eine Tasse Kaffee.

»Hab auch nicht vor, mir das wieder anzugewöhnen. Nur im Moment …«

Gerstner verstand und widmete sich seiner Kaffeetasse.

»Themawechsel: Hat sich noch irgendwas ergeben, Doc? Vor allem wegen der Identität der Toten?«

»Nein. Die Tote hat keine Papiere bei sich. Die Taschen waren leer. Und die Antwort auf Ihre nächste Frage: Mit der Todeszeit ist es wegen des Wetters so eine Sache: vermutlich zwischen Mitternacht und drei Uhr.«

Melchior seufzte. »Wussten wir es doch, nicht wahr? Wenn wir die Identität nicht haben, dann war es das auch schon. Ich kann hier nichts mehr tun. Na dann, Kollegen: Ist die Spurensicherung schon verständigt? Die sollen sich hier auf dem Hof noch ein wenig umsehen. Okay, gut. Dann leiten Sie bitte alle üblichen Verfahren ein. Vor allem brauchen wir die Identität der Toten. Ohne die kommen wir nicht weiter. Foto an alle einschlägigen Stellen, Vermisstenmeldungen, et cetera, et cetera …«

Die Polizisten bestätigten nickend.

»Wissen Sie, was passiert sein könnte?«, fragte Gerstner.

»Hm?«

»Das Mädchen verläuft sich spät abends in diese Kneipe, will telefonieren oder einfach nur einen warmen Platz … ein paar besoffene Deppen machen sich an sie ran …«

»›Geh, hock di her, Madl, sei a weng nett zu mir‹, hm?«

»Genau. Ein Wort gibt das andere, das Mädchen will sich losreißen, fällt hin – bums!« Der Doktor schlug mit der Faust in die Hand.

Melchior nickte. »Hm, schon möglich. Ich hab auch schon daran gedacht, aber glauben Sie im Ernst, die legen sich ihre Tote in den eigenen Hinterhof und gehen dann nach Hause? Ha? Das wäre zu einfach! Nein, ich glaube das nicht. Das Mädchen ist ganz woanders gestorben und hierher transportiert worden. Reifenspuren werden auf dem Kiesboden keine zu finden sein. Pech. So! Ich für meinen Teil bin ausnahmsweise für den Rest des Tages unabkömmlich. Ich habe einen dringenden Termin mit meinem Bett. Mir reicht es!«

Doktor Gerstner hob einen Arm zum Gruß. »Klingt vernünftig. Sie haben meine volle Unterstützung. Ich bin morgen früh bis neun bei Ihnen im Büro – mit dem Autopsiebericht. Bin schon gespannt, was ich noch alles finde!«

»Ich auch. Also dann, frohes Schaffen – und guten Appetit mit Ihrem Schweinsbraten.« Melchior winkte kurz zurück, trat seine Zigarette aus und ging langsam zu seinem Auto. Bett! Warm! Schlafen! Gut! Aber es war nicht sein Bett …

3.

Wenn man Casper Balthasar Melchior länger kannte, war es beunruhigend, in welchem Zustand er sich zu jener Zeit befand. In Zeiten, in denen die Polizisten reihenweise an ihrem Beruf verzweifelten, weil sie keinen Rückhalt mehr in der Bevölkerung bekamen, weil die Straftäter immer jünger und brutaler und die Hemmschwellen, auch gegen Polizisten mit Gewalt vorzugehen, immer niedriger wurden, in solchen Zeiten gab es einen einzigen Polizeibeamten, eine Art letzten Mohikaner, der diesem Beruf fast ausschließlich schöne Seiten abgewinnen konnte, und das war normalerweise eben Melchior.

Er liebte seinen Beruf, egal was woanders passierte, wie die öffentliche Meinung gerade war. Ihm gefiel die Jagd auf Mörder und Schurken. Irgendwo war er wohl in einem kindlichen Cowboy- und Indianerspiel hängen geblieben. Für ihn gab es keine größere Befriedigung, als einen von der anderen Seite zu erwischen. Und er erwischte sie praktisch alle! Der letzte Misserfolg in seiner persönlichen Statistik lag etliche Jahre zurück.

Das alles hatte immer dafür gesorgt, dass Melchior ein ausgeglichener, energiegeladener, gesunder Mensch war. Aber momentan war in seinem Leben so vieles in Bewegung. Dinge waren aus dem Ruder gelaufen, und so was geht auch an einem Oberkommissar Melchior nicht spurlos vorbei. Die Psyche gibt die Meldung an den Körper weiter: Fehlfunktion. Und irgendwann sagt dann auch der Körper: Fehlfunktion. Lange durfte das nicht mehr so weitergehen. Das wusste er.

Als Melchior am nächsten Morgen um neun in seinem Büro saß und gedankenverloren mit einem Bleistift spielte, hätte man auf den Gedanken kommen können, er langweile sich. Aber seine Gedanken kreisten in Wirklichkeit um höchst private und höchst unangenehme Probleme. Die Aussprache, die er später am gestrigen Sonntag noch mit seiner Frau gehabt hatte, hatte prompt in den üblichen gegenseitigen Anschuldigungen geendet. Natürlich wusste Melchior, dass Scheidungen bei Polizisten so etwas wie Berufskrankheit waren. Nur erstens hatte er sich eingebildet, dass ausgerechnet ihm so etwas nicht passieren könnte, und zweitens lagen die Gründe gar nicht so sehr in seiner Arbeit wie bei anderen Polizisten. Anders ausgedrückt: Wäre er nicht so in seiner Arbeit aufgegangen, hätte ihm vielleicht schon erheblich früher auffallen können, dass dieser Abschnitt seines Lebens zu Ende ging – zu Ende gegangen war – oder werden würde – ach, egal! Es machte ihn krank, dass er einfach nicht wusste, was passiert war. Darauf hätte er gern eine Antwort gehabt, aber er bekam nur Streit. Das kann nicht sein, oder? dachte er wehmütig.

»Morgen, Melchior!«

Er zuckte regelrecht zusammen. Gut, man klopft eigentlich an, auch wenn die Tür offen steht. Aber vor lauter Grübeln hatte er Doktor Gerstner tatsächlich weder kommen noch eintreten hören. Er bemerkte ihn erst, als er schon direkt vor seinem Schreibtisch stand. Bedenklich. Höchst bedenklich!

Er meinte nur müde: »Guten Morgen, Doc.«

Wieder dieser Blick, mit dem Gerstner ihn schon gestern taxiert hatte … und prompt folgte die Moralpredigt. Einem so erfahrenen alten Arzt kann man eben nichts vormachen.

»So, zunächst einmal, wenn Sie meine Meinung als Arzt hören wollen – nichts da, Sie werden sie sich anhören müssen! Sie sehen im Moment nicht gesund aus. Was auch immer Sie um die Ohren haben, versuchen Sie, sich ein wenig zu schonen. Mit so einer Trennung ist nicht zu spaßen. So was hat schon ganz andere umgeworfen. Dazu dann noch das Rauchen …«

Melchior drohte in die Defensive zu geraten.

»Machen Sie einen Punkt, Doc. Genug der Fürsorge. Ich gebe ja gerne zu, dass mein Leben schon mal heiterer war, aber ein Fall für den Psychologen oder gar für den Pathologen bin ich deswegen noch lange nicht. Ich hasse den November, das ist alles. Und da stehe ich nicht alleine. Wissen Sie was, geben Sie mir eine gute Therapie: einen ordentlichen Fall. Daran hapert es nämlich seit einiger Zeit.«

»Ach ja, ist das so?« Der Zweifel war Gerstner deutlich anzuhören.

»Natürlich! Nur immer derselbe Kram. Im Moment ist meine Arbeit eben nicht meine Arbeit, verstehen Sie mich? Schauen Sie her: Der Stapel Akten, das sind die Fälle der letzten sechs bis acht Wochen. Wollen Sie eine kleine Zusammenfassung? Wirtshausschlägerei in Kolbermoor – ich dachte, der Brauch stirbt langsam aus, aber nein! Dann Messerstecherei vor einer Disco, Ehemann schlägt Ehefrau, Ehefrau schlägt Ehemann, Russengang fängt einen Kleinkrieg gegen Türkengang an, Türkengang verprügelt Albanergang – und die Krönung von allem: Mann ertrinkt beim Versuch, seinen Goldfisch aus dem Gartenteich zu retten. Also, falls Sie sich nicht mehr erinnern sollten: Der Goldfisch wurde von einer Katze bedroht! Der Mann wollte die Katze verscheuchen, rutschte aus und schlug mit seinem Kopf auf einen Stein. Er kam unter Wasser, wurde ohnmächtig und … blubb, blubb! Das ist meine Arbeit zur Zeit! Frust, Frust und nochmals Frust! Ich brauche einen anständigen Mord! Sie haben nicht zufällig einen für mich in der Tasche?«

Doktor Gerstner warf Melchior einen sehr, sehr skeptischen Blick zu.

»Okay, Melchior. Aber ich habe Sie ausdrücklich gewarnt! Wenn sich Ihr Zustand nicht bessert, mache ich eine entsprechende Meldung. Meiner Meinung nach sind Sie urlaubsreif – mindestens!«

Aber dann griff er in die Hosentasche, holte einen imaginären Mord heraus und warf ihn Melchior über den Tisch, was diesen immerhin zu einem Grinsen verleitete.

»Zu unserer Toten: Die Todesumstände habe ich gestern schon richtig geschildert. Wir haben in der Wunde am Hinterkopf Holzpartikel gefunden – Eiche, um genau zu sein. Kein Knüppel oder Schläger, das steht fest. Behandeltes Holz, aller Wahrscheinlichkeit nach ein Tisch oder eine Bank. Glatter Genickbruch, sie war sofort tot. Wo sie allerdings gestorben ist, das müssen Sie herausfinden. Am Fundort jedenfalls nicht, das ist klar. Soweit ich gehört habe, hat ja auch die Spurensicherung überhaupt nichts gefunden, was darauf hindeuten könnte, dass die Tote in dem Hof gestorben ist.

Die Frau war ohne jeden Befund bezüglich Drogen oder sonstiger Suchtmittel, wie sie ja zum Beispiel von Ihnen bevorzugt werden.«

Die Spitze musste nicht sein, dachte Melchior und warf einen strafenden Blick auf den Arzt, den dieser jedoch komplett ignorierte.

»Am Rücken der Toten fanden sich Fusseln eines Teppichs – guter Stoff. Ich kann nur sagen: Bringen Sie mir diesen Teppich. Der Nachweis ist dann kein Problem.

Wir haben mehrere DNA-Spuren an der Toten sichergestellt. Dauert noch ein wenig mit der Bestimmung, vielleicht können Sie damit etwas anfangen. Die Tote hatte einige Zeit vor ihrem Ableben Geschlechtsverkehr. Keine Vergewaltigung. Der genaue Zeitpunkt ist sehr schwer zu bestimmen, aber es dürfte etliche Stunden vorher gewesen sein. Ein Zusammenhang mit der Tat ist daher nicht ersichtlich. Ich erwähne es nur.

Womit wir bei der Todeszeit wären. Ich würde sagen, deutlich nach Mitternacht. Zwei Uhr, plusminus. Wann die Leiche in den Hof gelegt wurde, kann ich nicht mit Bestimmtheit sagen, aber noch vor Tagesanbruch. Wie gesagt: kein Verdacht auf Vergewaltigung, keine Spuren von Abwehr oder überhaupt eines Kampfes, bis auf ein leichtes prämortales Hämatom an ihrem Bauch. Also, wenn da ein Kampf stattgefunden haben sollte, dann war es nur ganz minimal. Keine Hautpartikel unter den Fingernägeln, et cetera. Wir müssen eher davon ausgehen, dass es sich bei der Tat um Totschlag handelt, sogar ein Unfall ist nicht auszuschließen. Allerdings: Immerhin haben Sie die offensichtliche Vertuschung, die ist zumindest strafbar. Das wäre soweit alles.«

Wie auf ein Stichwort stürmte in diesem Moment, fröhlich ein Blatt Papier schwenkend, Kommissaranwärter Hans Schweingruber in das Zimmer. Zu dem semmelblonden und leicht rundlichen Strahlemann und seinem Verhältnis zu Melchior sollte man vielleicht ein paar Worte verlieren.

Von jeher, aber besonders während seiner Zeit in München, war Melchior der typische Eigenbrötler gewesen. »Unfähig zur Teamarbeit«, hatte es einmal ein Psychologe ausgedrückt. Seiner Karriere war das natürlich nicht förderlich gewesen. Der lonely wolf, der Einzelgänger. Alles wahrscheinlich bedingt durch Kindheit und Pubertät, seinen ausgefallenen Namen – egal warum, es war einfach so.

Nach seinem Wechsel nach Rosenheim änderte sich das alles, langsam, ganz langsam, aber stetig. Und begonnen hatte diese Veränderung Melchiors mit Schweingruber. Denn mit diesem sonnigen Gemüt hatte Melchior zum ersten Mal einen Partner zugeteilt bekommen, mit dem er sich zu hundert Prozent verstand. Sie sprachen die gleiche Sprache, konnten hervorragend miteinander blödeln, wenn die Arbeit zu ernst zu werden drohte, aber auf der anderen Seite hatte sich Schweingruber auch als akribischer, exakter Ermittler herausgestellt, der von Melchior viel, wenn nicht alles schnell gelernt hatte und ihn dort ergänzte, wo dieser seiner Schwächen hatte.

Melchior seinerseits hatte, nachdem er früher den Menschen in seiner Umgebung eher mit Distanz und Misstrauen begegnet war, durch seinen neuen Freund zu seiner eigenen Verwunderung nach und nach zu allen anderen in der Inspektion ein ebenso gutes Vertrauensverhältnis aufgebaut. Was das betraf, fühlte sich Melchior in Rosenheim pudelwohl. Die beiden Männer arbeiteten jetzt seit zweieinhalb Jahren zusammen, und was Melchior anging, durfte dieser Zustand ruhig auch noch zweieinhalb Jahrzehnte andauern, bis zu seiner Pensionierung.

Auf der einen Seite gewinnst du, auf der anderen verlierst du. Aber das stand ja auf einem anderen Blatt. Das Verhältnis zu seiner Frau war in derselben Zeit jedenfalls immer schlechter geworden. Na ja.

Jedenfalls war Schweingruber mal wieder allerbester Laune und brachte dies auch, so wie bei ihm üblich, durch fröhliches Herumblödeln zum Ausdruck. Es war bei ihm wie bei so vielen Menschen: So lange er ein Publikum hatte, produzierte er sich. Nachdem er einmal festgestellt hatte, dass Melchior ein gutes Publikum war, weil er es mochte, bei seiner Arbeit aufgelockert zu werden, machte er eben fröhlich weiter – meist, bis Melchior auf die Bremse trat.

»Salve beisammen! Darf ich es wagen, die edlen Herren zu stören?«

Melchior sah seine Rettung im Anmarsch, bevor Gerstner wieder zurück zu seinen Problemen kommen konnte.

Er zwinkerte Schweingruber verstohlen zu und ging auf dessen Steilvorlage ein.

»Es sei Ihm gestattet, Junker Hans. Wohlan, sprich denn!«, antwortete er in salbungsvollem Ton.

Schweingruber grinste von einem Ohr zum anderen, nickte unmerklich zum Zeichen, dass er verstanden hatte, und legte eine Schippe drauf:

»So wollen wir es Euch danken, Herr! Ich bringe überaus erfreuliche Mär, Edelster! Auf Eurer Majestäts Geheiß hin durchkämmten Seine Schergen das ganze Land von der Loretowiese bis zu den Höhen des Schlossberges und fanden, wie mir just in diesem Moment über das Netzwerk zugetragen wurde, einen Manne, dem die Beschreibung der Unbekannten bekannt vorzukommen dünkt.«

Melchior deklamierte, ebenfalls fröhlich grinsend und sogar noch geschraubter, mit einer dezenten Prise K. u. K.-Monarchie-Akzent zurück: »Oh, welch frohe Botschaft, lasst uns frohlocken!«

Doktor Gerstner freilich zeigte sich in diesem Moment überaus humorlos, obwohl er dies eigentlich gar nicht war. »Könnten Sie diesen Quatsch mal lassen, wenn's leicht geht? Meinen Sie, ich merke nicht, woher der Wind weht? Sie beide spielen mir den Lockeren vor, dabei sieht's inwendig ganz anders aus…«

Schweingruber salutierte lässig. »Zu Befehl, Quatsch bleiben lassen, jawohl! Aufgrund des Artikels, den unsere Kollegen dankenswerterweise in die Morgenzeitung gesetzt haben, hat sich eben ein junger Mann, seines Zeichens Student, gemeldet, der die Tote kennt. Seine Angaben wurden bereits überprüft. Mit an Sicherheit grenzender Wahrscheinlichkeit handelt es sich bei der Toten um eine gewisse Michaela Griese, 23 Jahre alt, eingetragene Studentin der Informatik an der Rosenheimer Hochschule. Geboren in Castrop-Rauxel – mit Verlaub, ich bin lieber in Rosenheim geboren, aber nix für ungut –, vor zehn Jahren von Castrop-Rauxel nach Bochum umgezogen, dort ihr Abitur gemacht und seit vorigem Herbst hier polizeilich gemeldet. Adresse bekannt, bla, bla, bla... Hab ich das jetzt brav gesagt?«

»Sehr brav, Herr Assistent! Großes Lob! Nun denn: wenn die Adresse der Toten bekannt ist ... Ja ... Was tun wir dann noch hier? Satteln wir die Pferde! Äh - dann fahr schon mal den Wagen vor, Harry!«

Schweingruber verzog das Gesicht. »Deine Witze werden immer älter und schlechter. Der hat sooo einen Bart!«

Melchior spielte das Theater weiter. »Ich sehe es ein, ich sehe es ein!«, lamentierte er. »Ich werde in mich gehen und mich bessern, großes Indianerehrenwort!«

Schweingruber wandte sich zu Gerstner um und deutete auf Melchior. »Ja, so ist er nun mal, mein Chef! Ständig auf der Suche nach dem Gestern von morgen!«

Dafür erntete er ein paar Sekunden verdutztes Schweigen. Dann meinte Melchior: »Der war gut. Respekt – der war gut! Eins zu null für dich ...«

Nur einer fand das gar nicht so gut. »Ihnen beiden ist auch nicht zu helfen«, meinte Doktor Gerstner resigniert. »Das ist nun die Polizei von heute. O tempora, o mores! Wenn die Herren mich dann entschuldigen würden. Ich habe zu viel zu tun, um hier weiter das Publikum geben zu müssen. Viel Erfolg bei Ihren Ermittlungen! Und denken Sie daran, Melchior. Wenn Sie nicht bald etwas gegen Ihre Situation tun, werde ich Sie gnadenlos dem Psychologen überstellen.«

Melchior schlug die Hände vors Gesicht. »O Graus! Nur das nicht, nicht den Psychologen! Folter, Blutegel, Zeugen Jehova, kein Problem, aber nicht den Psychologen! Haben Sie Erbarmen!«

»Ach, machen Sie doch, was Sie wollen!«

Okay, sagte sich Melchior. Genug ist genug. Gerstner hatte sich schon abgewendet und wollte gehen, da hielt ihn Melchior zurück.

»Doc?«, sagte er in normalem Ton. »Herzlichen Dank auch – und Doc? Machen Sie sich keine Sorgen um mich. Unkraut vergeht nicht! Okay? Hans! Setz dein schickes Mützchen auf. Es geht in feindliches Gebiet ...«

Diese Bemerkung bezog sich auf Schweingrubers neueste modische Fehlleistung. Gegen die Kälte und vermutlich auch die Polizeiordnung trug er gern eine Zipfelmütze, auf der ein Abbild des Rappers Eminem zu sehen war. Aus Gründen, die nie bekannt werden sollten, zog sie Schweingruber aber jetzt nicht über.

4.

Melchior ließ sich mehr Zeit als üblich, um über den Parkplatz zum Wagen zu gehen, und Schweingruber konstatierte das sehr wohl. Natürlich hatte er die Verfassung seines Freundes bemerkt, konnte sich auch in etwa vorstellen, was los war, wusste aber nichts Konkretes über den aktuellen Stand der Dinge. Melchior, jetzt völlig ernst, zog den Kragen seines Mantels hoch und fröstelte. Das Wetter war immer noch genauso trübsinnig wie am gestrigen Tag und passte zu seiner Weltuntergangsstimmung wie die Faust aufs Auge.

Schweingruber brach als Erster das Schweigen.

»Jetzt mal ohne Jux, Chef, so gut die Nummer eben war, keine Frage! Aber irgendwo hat der Doc schon recht, du bist zur Zeit nicht bei hundert Prozent – ganz vorsichtig ausgedrückt! Was ist los mit dir?«

Melchior druckste ein wenig herum. »Na ja, was wohl ... Weißt du doch ... Scheidung liegt in der Luft.«

»Oha! So ernst also? Keine Chance mehr?«

Die Männer kamen am Auto an. Melchior warf dem Jüngeren die Schlüssel zu.

»Du fährst«, bestimmte er. »Nein, keine Chance mehr. Es langt endgültig! Ich spiel das Affentheater nicht mehr mit und geh wieder zurück. Lohnt nicht! Mal sehen, dass ich mich heute Abend um eine anständige Bleibe umschauen kann. In der Pension, in der ich jetzt hause, kann ich auf keinen Fall bleiben. Die macht mich depressiv.«

Schweingruber startete den Wagen. »Woran liegt es? Ich meine, wenn du darüber sprechen willst ...«

»Ja, wieso denn nicht? Ich schätze, das übliche Problem bei Polizisten. Ach Quatsch, ist doch in allen Ehen so! Ich bin selten zu Hause, hab immer nur die Arbeit im Kopf, die Frau kriegt angeblich keine Aufmerksamkeit, immer dieselbe Leier. Es passt ihr nicht, wer ich bin, was ich bin, und vor allem passt es ihr nicht, wo wir sind! Sie will nach München zurück, aber pronto, will dort arbeiten und sich selbst verwirklichen! Ich hatte mal eine Ehefrau, jetzt habe ich eine Karrierefrau. Sie will ihr eigenes Leben, Ende der Durchsage.«

Schweingruber stoppte an einer roten Ampel. »Na wunderbar. Red nur weiter! Da kann man ja Angst vorm Heiraten kriegen. Aber dass sie arbeiten will, ist ihr gutes Recht, das siehst du schon ein, oder?«

»Klar seh ich das ein!«, kam es verärgert zurück. »Aber man kann das doch unter einen Hut bringen, oder? Und das will sie nicht. Die Planung steht ohne mich, soviel ist klar – oder glaubst du, ich schmeiße meinen Job weg und mache einen auf Hausmann?«

»Du? Das walte Hugo! Bitte nicht! Ich finde nie wieder einen, mit dem man so schön blödeln kann. Also: wenn ich dir irgendwie helfen kann, dann sag es, ja? Aber ich sag dir gleich: Bei mir ist kein Platz!«

»Danke, aber ich krieg das schon hin! Lass mich nur meine Arbeit machen, mit dem Rest komm ich schon irgendwann klar. Nur – da ist noch was ...«

Melchior kratzte sich am Hinterkopf. Schweingruber schaute interessiert herüber.

»Weißt du, was mir so unsagbar stinkt? Die sagt mir ins Gesicht, ich wäre nicht mehr erotisch!«

Schweingruber verbiss sich mit einiger Mühe ein Lachen: »Oh, oh! Starker Tobak, und das dir!«

Klar, Melchior war kein Hugh Grant, kein Mann für den Laufsteg. Er war ordentlich, aber durchschnittlich in jeder

Beziehung, jedenfalls was Aussehen und Auftreten betraf: immer derselbe Anzug, immer dieselbe Frisur, kein Glamour. »Esse quam videri«, hatte Cicero gesagt, mehr sein als scheinen. Das hatte Melchior in seinem Beruf oft wertvolle Dienste erwiesen. Andererseits hatte ein gewisser Herr Hader einmal angemerkt, dass Fliegen für gewöhnlich erschlagen werden, Schmetterlinge aber nicht, woran man erkennen könne, wie wichtig das Outfit wäre.

Sollte doch jeder über diesen Konflikt mit seiner Frau denken, was er wollte. Auf alle Fälle hatte Melchior nie an der Vergangenheit gehangen. Er hatte eine Zukunft, und für diese lebte er. Warum denke ich jetzt permanent mit so viel Wehmut an vergangene Dinge? fragte er sich. Warum musste er sich im Moment ständig vor sich selbst rechtfertigen für all die Verluste, die er in letzter Zeit erlitten hatte?

Beide Männer schwiegen einige Zeit. Dann begann Melchior: »Hans, sag mal ehrlich: Wenn ich drei Millionen im Lotto gewinnen würde, würde mich das erotischer machen?«

Schweingruber seufzte schmachtend: »Schatzi ...«

Beide lachten herzlich. Doch dann wurde Melchior aber übergangslos wieder ernst. »Hans, sag mal: Gibt es da vielleicht etwas, das ich über dich bis jetzt Gott sei Dank nicht gewusst habe?«

»Hä? Ach so! Na, na, sonst noch was? Und? Was machst du? Was nun, spricht Zeus, die Götter sind besoffen!«

Melchior schüttelte den Kopf. »Ich weiß nicht... Ich möchte nur eine Weile alleine sein, niemand mehr, der mir sagt, wann ich rülpsen oder fluchen darf und wann nicht, verstehst du?«

Schweingruber nickte nur voller Überzeugung. »O ja! Und wie ich das verstehe!«

5.

In der weiteren Umgebung des Hochschulgeländes im Nordwesten Rosenheims gab es ein paar hohe Wohnsilos, nötig, aber unpassend. Auf Schönheit wurde in dieser Gegend der kleinen Stadt nicht so sehr geachtet. Das Appartement von Michaela Griese lag im fünften Stock eines dieser Wohnblöcke. Es war geräumig, hatte drei Zimmer, Küche, Bad. Für eine Studentin war es sogar äußerst geräumig, wie Melchior fand, als ihm der Hausmeister die Schlüssel aushändigte und die Wohnung beschrieb. Zumal sie die Wohnung allem Anschein nach alleine bewohnte.

Da der Lift kaputt war – es gibt eben Tage, an denen kommt alles zusammen – mussten die beiden Polizisten bis in den fünften Stock hinaufsteigen. Der Hausmeister hatte Wichtigeres zu tun – konnte man ihm nicht verdenken.

Nach der vierten Treppe hörte man Melchior keuchen. Seine Kondition war scheinbar auch schon mal besser gewesen, was den zwar gewichtigeren, aber fitteren Schweingruber ziemlich amüsierte. Er konnte sich einen Kommentar über den Zigarettenkonsum Melchiors nicht verkneifen, was diesen wiederum so ärgerte, dass er Schweingruber mit einem überraschend kraftvollen Endspurt klar auf den zweiten Platz verwies. Oben angekommen, sah er auf Schweingruber hinab, der gemütlich hinterherkam, und klapperte aufreizend mit dem Wohnungsschlüssel.

»Ich sag dir, wenn der nicht passt und wir die ganzen fünf Treppen wieder runter müssen, nur weil der scheiß Aufzug kaputt ist, dann aber…«

»Keine Kondition, Chef, was? Treppensteigen ist gesund!«

»Aber nicht abwärts! Außerdem ist die Luft hier oben schon so dünn. Da rechts: Appartement 505, hat der Hausmeister gesagt.«

»So entfloh es seinem Munde. Und er muss es wissen... Da ist es.«

Melchior schloss auf und ließ Schweingruber höflich den Vortritt. Der aber blieb schon in der Tür wie angewurzelt stehen. Auch Melchior konnte sehen, warum.

»Ach, du dickes Ei!«

Melchior nickte. »Definitiv zweiter Sieger... Sieht so aus, als hätte da schon vor uns jemand die Wohnung inspiziert.«

Das Wohnzimmer, das man gleich durch die Eingangstür betrat, war durchaus nett eingerichtet. Der Architektur nach war die Wohnung wohl als eine Zweier-WG gedacht. Es gab ein Wohn- und Gemeinschaftszimmer von circa 25 Quadratmetern Größe, zur Rechten eine offen stehende Tür zum Bad und eine Schiebetür zur Küche. Diese beiden Räume waren eher minimalistisch. Auf der linken Seite deuteten zwei weitere Türen auf zwei Zimmer hin, die im Normalfall von zwei Personen bewohnt werden konnten. Aber die Griese hatte allein hier gewohnt.

Die Einrichtung war nicht erste Wahl, aber gemütlich. In der Mitte eine große u-förmige Sitzgruppe schwedischer Herkunft mit einem niedrigen Glastisch in der Mitte. Neben dem Fenster ein Computertisch. Dazu noch ein Fernseher, integriert in eine schmale Regalwand, ebenfalls schwedisch. Laminatboden ohne Teppich, ein paar Topfpflanzen, keine Tapeten, aber etliche Bilder an der Wand, von denen die meisten so aussahen, als wären sie selbst fotografiert worden.

Es mochte sein, dass Michaela Griese für gewöhnlich kein Putzteufel gewesen war, aber für die Unordnung, die in diesem Raum herrschte, konnte sie nicht verantwortlich sein.

Die beiden Männer schauten sich lange und gründlich um und gingen vorsichtig durch das Chaos.

»Sauber...«, merkte Melchior an, nachdem er durch die eine Tür auch in das benachbarte Schlafzimmer getreten war. »Alle Schränke durchwühlt, alles umgeräumt, da, sogar die Sitzkissen rausgerissen. Und jetzt darfst du dreimal raten, wer das war!«

Schweingruber legte einen Finger an die Unterlippe. Das Spiel machten sie nicht zum ersten Mal. Er wusste, was Melchior jetzt von ihm hören wollte. »Hm, lass mich überlegen ... Pumuckls Poltergeist? Nein? Der Bofrost-Mann? Auch nicht? Aah! Dann vielleicht der Typ, der die Tote in den Hinterhof drapiert hat?«

Melchior schnippte mit dem Finger. »Bingo! Das wäre mein Tipp!«

»Und das heißt jetzt also, dass vorgestern Abend hier ein Einbrecher war. Michaela Griese kommt nach Hause – warum schüttelst du dauernd den Kopf? – sie überrascht ihn, Handgemenge ... Uh! Ah! Zack, bumm!«

»Nein!«, sagte Melchior entschieden.

»Nein?«, fragte Schweingruber enttäuscht.

»Nein, junger Mann! Denk doch mal nach! Wenn das wirklich hier so abgelaufen wäre, hätte der Einbrecher die Leiche wegen des kaputten Liftes fünf Stockwerke nach unten tragen müssen – durch ein Mietshaus voll mit Menschen! Gut, vorausgesetzt jedenfalls, dass der Lift am Samstag auch schon kaputt war. Aber egal, Lift hin, Lift her! Wozu zum Henker soll er denn die Leiche überhaupt wegschaffen? Er kann sie doch einfach hier liegen lassen. Stört doch keinen. Capito?«

Schweingruber bückte sich, hob einen überdimensionalen Teddybären auf, der vermutlich vom letzten Rosenheimer Herbstfest stammte, und setzte ihn auf die Couch. »Leuchtet ein. So also nicht. Also ist der Mörder nach der Tat hier eingebrochen; denn hätte der Einbruch vorher stattgefunden, hätte die Griese hier noch aufgeräumt. Er muss ihr die Schlüssel abgenommen haben, und – hey, er wusste, wo sie wohnt!«

Melchior nickte. »Jetzt denkst du richtig! Ein weiterer Punkt auf dem Weg zum Kommissar, Herr Anwärter! Ja, er muss sie gekannt haben, dafür spricht einiges. Wie eng, kann man nicht sagen, aber eng genug, um zu wissen, wo sie wohnt und dass sie allein wohnt. Das darf man auch nicht vergessen. Wer will schon gestört werden, wenn man eine Wohnung umräumt? Ganz was anderes: Wie kann sich eine Studentin überhaupt so eine große Wohnung leisten und wofür? Ich meine: Die Bude wär doch für mich allein zu groß! Aber sie hat hier allein gelebt!«

»Vielleicht plante sie Familienzuwachs in näherer Zukunft ... Könnte ja sein ...«

»Ja«, meinte Melchior nachdenklich. »Mal rumfragen, ob es einen Freund gibt. Quatsch! Natürlich gibt es einen Freund. Hat ja der Gerstner schon rausgefunden.«

Melchior erklärte Schweingruber kurz, was er damit meinte.

»Also! Der Täter nimmt ihr die Schlüssel ab. Und dann durchsucht er hier die Wohnung. Fragt sich, wonach um alles in der Welt?«

Nachdenklich bückte sich jetzt Melchior und hob ein Kissen auf. »Ich werde aus alledem noch nicht recht schlau. Der Mörder – wir nennen ihn jetzt einfach mal so – hat Michaela Griese gekannt. Okay, so weit, so gut. Er weiß oder glaubt zu wissen, dass hier etwas zu holen ist. Geld? Nie im Leben! Rauschgift vielleicht. Aber sie war clean.

Sie könnte gedealt haben. Das wäre möglich. Was gibt es noch, verdammt noch eins? Und hat er gefunden, was er gesucht hat, oder nicht?«

Schweingruber war in der Zwischenzeit ins Badezimmer gegangen. Plötzlich schrie er entsetzt auf. Melchior lief sofort Richtung Badezimmertür.

»Was ist?«

»Bääänh! In der Toilette schwimmt ein Kondom … iiih! Benutzt auch noch!«

Melchior blieb stehen und verdrehte die Augen. Und deshalb so ein Aufstand! Zeit für einen Blödelnachschlag, dachte er und rief Schweingruber zu: »Jetzt hab Er sich nicht so, Junker! Er wird doch schon mal ein Kondom gesehen haben!«

Aber Schweingruber war überraschenderweise gar nicht nach Blödeln zumute. »Ja schon«, stotterte er. »Aber das ist rosa!«

»Rosa?«

»Rosa!«, bestätigte Schweingruber mit hörbar angeekelter Stimme.

Melchior gab sich nachdenklich, solange er noch konnte, ohne zu lachen. »Oh! Das ist … in der Tat bedenklich. Es muss Gründe … dafür geben …« Jetzt musste er doch lachen. »Lass es schwimmen, Mann! Die Spurensicherung soll sich darum kümmern.«

Er grinste noch immer breit, dachte aber kurz daran, was der Pathologe gesagt hatte. Das Kondom passte dazu. DNA gab es auf diese Weise auch. Man würde sehen, was sich ergab.

Als er vor der Regalwand stand und sie betrachtete, wurde er aber sofort wieder ernst.

»Komm mal her!«, rief er Schweingruber durch die offene Tür zu. Dieser kam der Aufforderung sofort – und scheinbar sehr gerne – nach.

»Schau mal. Die Regalwand hier. Hier fehlt etwas! Siehst du den Staubrand da? Das könnten Bücher gewesen sein, oder vielleicht Kassetten oder CDs, und zwar viele, mindestens ein Dutzend.«

»Darf man fragen, was Sie hier machen?«

Durch die offen gelassene Tür waren, ohne dass es die Polizisten bemerkt hatten, zwei Frauen in das Appartement gekommen. Sie standen in der Tür mit Blicken wie Racheengel.

»Noch einmal: Was tun Sie hier?«, rief die eine wieder.

Melchior drehte sich um und hob beschwichtigend die Hände. »Dasselbe könnte ich Sie auch fragen. Aber keine Aufregung, wir sind von der Polizei.«

Er griff in seine Tasche und holte seinen Dienstausweis hervor. »Ich bin Oberkommissar Melchior. Das ist mein Assistent Schweingruber.«

Die beiden Frauen warfen sich einen kurzen, vielsagenden Blick zu.

»Dann stimmt es also ...«

»Was stimmt?«

Das zweite Mädchen sagte mit leichtem ausländischen Akzent und sehr rauer Stimme: »Sandra hat in der Zeitung ein Bild gesehen und glaubt, dass es Michaela sein könnte. Wir wollten gleich nachsehen, wie es ihr geht ... Und dann sahen wir Sie. Ist sie wirklich...?«

»Ja, tut mir leid. Sie ist tot.«

Das Mädchen, das eben Sandra genannt worden war, begann leise zu weinen. Melchior wandte sich ab. So etwas war noch nie sein Ding gewesen. Er holte inzwischen sein Handy heraus, verständigte die Kollegen von der Spurensicherung und überließ es Schweingruber, sich um die beiden Frauen zu kümmern.

Die setzten sich auf das Sofa. Sandra war etwa einen Meter siebzig groß, sehr schlank und hatte kurze, brünette

Haare. Auf den ersten Blick wirkte sie weder besonders attraktiv noch hässlich. Am ehesten hätte man sie als unscheinbar bezeichnen können. Sie trug Jeans, was wenig überraschend war, sowie eine dunkelblaue Winterjacke. Ein ganz normales, natürliches, junges Mädchen, stellte Melchior fest.

Das zweite Mädchen, das mit dem Akzent, war das schiere Gegenteil. Offene, glatte, pechschwarze Haare fielen bis zum Bauch herunter, streng in der Mitte gescheitelt. Sie war noch etwas größer als Sandra und im Gegensatz zu dieser sehr geschickt geschminkt, mit allem, was der Markt so hergab. Dabei hatte sie das sicher nicht nötig, denn sie war bestimmt auch ohne Schminke hübsch genug für jede Party. Gekleidet war sie wie Sandra mit Jeans und Winterjacke, nur war das gesamte Outfit passend zu ihrem Haar tiefschwarz. Im rechten Ohr trug sie ein auffälliges Piercing. Melchior wettete, dass unter der Montur auch das eine oder andere Tattoo erscheinen würde. Sie war ganz der Typ dafür. Entweder Heavy oder Grufti, da war er sich nicht sicher.

»Geht's wieder?«, fragte Schweingruber voll Anteilnahme, als Melchior sein Telefonat beendete. »Ich meine, könnten Sie uns sagen, wer Sie sind? Äh … Bitte.«

»Wir … also, ich heiße Andrea, Bartalus Andrea. Meine Freundin ist Sandra Witt. Wir sind … wir waren Kommilitoninnen von Michaela.«

Schweingrubers Interesse war echt. Natürlich. Aus mehreren Gründen. »Ach, Sie studieren auch Informatik?«

»Ja«, bestätigte Andrea. »Hier in Rosenheim. Unsere Wohnung ist oben, genau über der von Michaela. Ich stamme aus Ungarn, aus Debrecen. Mein Vater ist Ungar, meine Mutter war Deutsche, aus Dresden. Sie ist vor zwei Jahren gestorben. Sie wollte, dass ich in Deutschland studiere.«

»Wie lange kannten Sie Michaela schon?«

»Also ich kenne Michaela seit dem ersten Semester, also seit einem Jahr. Sandra …«

Die Angesprochene ergänzte, immer noch mit Tränen in den Augen: »Wir sind schon zusammen zur Schule gegangen. In Bochum. Sie war meine beste Freundin. Es ist …«

Sandra fing wieder stärker an zu weinen. Melchior, dem die Szene nach wie vor peinlich war, ging nach seinem Telefonat ziellos in der Wohnung herum und betrachtete die Fotos, die Michaela überall aufgehängt hatte.

»Wie ist das eigentlich passiert?«, fragte Andrea.

Schweingruber zuckte die Schultern und setzte eine wichtige Miene auf. »So ganz genau wissen wir das auch noch nicht, aber sie wurde gestern früh in der Nähe von Stephanskirchen tot aufgefunden.«

»Ein Unfall, oder was?«

»Eher nicht. Also bestimmt kein Verkehrsunfall oder so. Sie hatte …« Schweingruber druckste ein wenig herum. »… Ihr Genick war gebrochen. Wir vermuten Fremdeinwirkung, wenn Sie verstehen. Mehr wissen wir auch nicht, es tut mir sehr leid.«

Sandra schluchzte auf. »Entschuldigen Sie, bitte …«

»Aber, aber«, meinte Schweingruber. »Wir müssen um Entschuldigung bitten, dass wir Sie ausgerechnet jetzt mit unseren Fragen belästigen.«

Melchior verzog das Gesicht. Der Junge übertrieb ein wenig … Fehlte noch, dass er ihr ein Taschentuch gab und die Tränen persönlich abwischte. Halt, Alter! Werd nicht ungerecht … Doch. Genau das mit dem Taschentuch machte Schweingruber tatsächlich.

»Vielen Dank.«

»Keine Ursache.«

»Warum schaut es hier eigentlich so aus? Waren Sie das?«, fragte Andrea etwas angriffslustig.

»Nein. Jemand war hier und hat die Wohnung durchsucht«, antwortete Schweingruber. Zu Melchiors Überraschung ging niemand weiter darauf ein. Merkwürdig – als ob das normal wäre, dass die Wohnung einer toten Freundin durchsucht wurde!

Eines der Bilder fiel Melchior ins Auge. Michaela war darauf zu sehen, wie sie am Ufer eines Sees stand. Sie hatte sich mit ausgestrecktem Arm selbst fotografiert. Mit der anderen Hand formte sie ein V-Zeichen für Victory. Die strähnigen, nach allen Seiten abstehenden roten Haare und das knallrote T-Shirt ... So eigentümlich. Melchior schüttelte kurz den Kopf. Das war doch nicht möglich! Andererseits: der See, der Bootssteg im Hintergrund ... Er glaubte sich an etwas zu erinnern!

Schweingruber hatte bemerkt, dass Melchior intensiv nachdachte und war aufgestanden und zu ihm herübergegangen.

»Was hast du?«

Melchior lächelte versonnen. »Déjà vu!«

Natürlich musste Schweingruber sofort blödeln, aber mit Rücksicht auf die Mädchen wenigstens nur ganz leise. »Lass das! Du weißt genau, wie scharf es mich macht, wenn du französisch sprichst! Was meinst du mit déjà vu, s'il vous plait?«

»Hier. Das Bild. Michaela! Das Foto ist mit einer Digitalkamera aufgenommen und mit dem Computer ausgedruckt. Der Tag des Ausdrucks steht rechts unten auf dem Bild: 20. Mai. Ich habe das schon einmal gesehen.«

Melchior drehte sich zu den beiden Frauen um.

»Entschuldigen Sie... Dieses Foto hier, wo ist das aufgenommen? Wissen Sie das zufällig?«

Andrea stand auf und kam herüber. Sie betrachtete das Bild nur kurz. »Auf jeden Fall am Chiemsee. Wir waren oft zusammen an dieser Stelle. Aber das Foto hat sie wohl selbst gemacht. Wir waren da nicht dabei, glaube ich. Kann mich jedenfalls nicht daran erinnern.«

Sandra lachte auf der Couch sogar kurz auf. »Das war ihr Hobby. Da war sie total fanatisch. Ständig hatte sie ihren Camcorder dabei und quälte jeden damit, dass sie ihn filmte. Echt, das hat so genervt!«

Sie stand auf und ging zum Regal. »Mit dem Computer konnte sie dann alles aufbereiten und schneiden. Schauen Sie, alles das sind ...«

Sie unterbrach sich. Melchior nickte wissend.

»Da fehlt etwas, nicht wahr? Hab ich auch schon bemerkt. DVDs?«

»Ihre DVDs! Ihre ganzen Videos sind weg! Andrea, schau her! Sie sind alle weg! Gestohlen!«

Allmählich begann Melchior die Sache zu gefallen. Das gewohnte Gefühl in seiner Magengrube stellte sich ein, und er atmete ruhig und tief ein. Egal, was in seinem Leben sonst alles schieflaufen mochte: Jetzt war er in seinem Element und fühlte sich wohl. Das heißt, da gab es noch etwas in Verbindung mit dem Bild und seinen Erinnerungen, wovon er spontan ein schlechtes Gewissen bekam, vorausgesetzt, sein Gedächtnis hatte ihn nicht getäuscht. Aber das hatte Zeit bis später!

»Ja, also, dann sollten wir uns unterhalten«, meinte er. »Und Sie müssen mir jetzt helfen. Schauen Sie sich um, ob noch mehr in der Wohnung fehlt. Vielleicht fällt Ihnen etwas auf. Und erzählen Sie mir mehr über Michaela.«

»Was denn zum Beispiel?«, fragte Andrea naiv.

Melchior breitete die Arme aus. »Fangen wir mal damit an: Hat Michaela hier allein gelebt? Die Wohnung ist doch ganz schön groß für eine einzige Person.«

»Ja. Ich meine: allein. Und ziemlich groß, auch ja. Wir wohnen ja genau drüber. Die beiden Appartements sind gleich. Für zwei ideal, aber allein ...«

»Ziemlich viel Kohle, die Eltern, was? Ich meine, die Wohnung, die kostet doch eine Stange Geld?«

Sandra winkte ab. »So teuer ist es gar nicht. Das ist irgendwie – sozialbegünstigt oder so was Ähnliches. Und ihre Eltern sind ganz einfache Leute. Die haben kein Geld.«

Andrea widersprach heftig. »Hey, das ist aber trotzdem ganz schön teuer, ja? Für die Miete von einem Jahr krieg ich in Ungarn ein ganzes Haus! Aber zum Kaufen!«

»Jetzt übertreibst du aber, Andrea! Und wenn, dann höchstens in der Puszta!«, meinte Sandra nur.

»Okay. Wie konnte Michaela sich diese Wohnung leisten? BAFÖG allein wird ja wohl nicht reichen.«

Sandra wurde nachdenklich. »Ja, das war irgendwie seltsam. Bis zum Sommer hat sie mit uns zusammen oben gewohnt, um Geld zu sparen. Zu dritt oben, das war ganz schön eng. Sie hat sogar regelmäßig jobben müssen – in einer Gastwirtschaft gleich hier um die Ecke. Aber dann hat sie auf einmal den Job gekündigt und ist gleich danach ausgezogen.«

Melchior wurde noch hellhöriger, als er es ohnehin schon war. »Wann war das genau?«

»Am 27. Mai hat sie es uns gesagt. Mein Geburtstag, deswegen weiß ich es so genau. Auf der Geburtstagsparty hat sie es gesagt, erinnerst du dich, Andrea?«

27. Mai. Und das Foto datierte vom 20. Mai. Bingo!

»Natürlich erinnere ich mich«, sagte Andrea. »Sie hat gemeint: Diese Sklaventreiber können sich eine andere Blöde suchen. Sie macht das nicht mehr mit, hat sie gesagt. Und zum 1. Juli ist sie dann aus unserer WG ausgezogen – na ja, es war ja wirklich ziemlich eng. Hier war diese Bude frei, und weg war sie! Für uns war es natürlich nicht so toll. Ich meine, wir haben zwar mehr Platz, aber seitdem müssen wir auch mehr bezahlen.«

Wieder lachte Sandra kurz auf. »Wir haben sie alle für ganz schön verrückt gehalten, aber was soll's.«

»Und woher hatte sie plötzlich das Geld für solche Extratouren?«

Andrea zuckte mit den Schultern. »Keine Ahnung.«

»Na ja, sagen wir mal so«, meinte Sandra. »Wir hatten da so einen Verdacht.«

Melchior bemerkte in der Regalwand einen dieser kleinen Ordner, wie sie von Banken zum Aufbewahren von Kontoauszügen ausgegeben werden. Er nahm ihn heraus und blätterte ihn von hinten nach vorn durch. »Was für einen Verdacht?«

»Na ja, ein Mann halt...«, murmelte Sandra.

»Einer, der zahlt, meinen Sie?«

Sandra rief empört: »Was glauben Sie denn? So eine war Michaela nicht!«

»Keine Panik, ich wollte nichts unterstellen. Was meinen Sie dann?«

»Ich ... äh, wir meinten, sie hätte vielleicht einen Freund, mit dem sie zusammenziehen wollte, aber sie wollte ihn vor uns geheim halten. Vielleicht ein älterer oder sogar ein verheirateter. Na ja, wenn es so war, dann ist es ihr geglückt. Wir haben ihn jedenfalls nie gesehen. Und hier eingezogen ist er auch nicht.«

Melchior blätterte weiter interessiert in dem Ordner. »Was aber nicht heißt, dass es ihn nicht gibt – und was nicht erklärt, wo sie das Geld her hatte. Schauen Sie jetzt mal herum, ob was fehlt, bitte?«

Die Mädchen nickten nur und verteilten sich auf die beiden hinteren Zimmer.

»Was hast du da?«, fragte Schweingruber.

»Ihre Kontoauszüge. Fein säuberlich geordnet und aufgehoben. Bis Mai ganz miese Karten: niedriger Kontostand, ständig überzogen. Und dann hier, am fünften Juni:

Schau dir das da an. Dieser Einzahlungsschein, eine Bareinzahlung…«

Schweingruber zog geräuschvoll die Luft ein. »Wow! Soviel verdiene ich im ganzen Jahr nicht: 25 000 Euronen…«

»Nun halt mal an dich! Dein Gehalt ist schon angemessen. Sie hat das Geld ganz konservativ angelegt, steht alles hier drin. Und es kommt noch dicker: Hier, Datum 1. September. Noch einmal dasselbe, noch mal 25 000 und wieder in bar.«

»Ein Geldgeber, wie praktisch! Hätte ich auch gern. Was muss man tun, um an die Kohle zu kommen?«

Melchior ahnte da etwas, weit hergeholt, zugegeben, aber nicht ausgeschlossen. »Ich hab da so einen Verdacht nein, reden wir später darüber! Schließen wir einmal aus, dass es legale Arbeit war, ja? Ein Geldgeber, du hast recht, und zwar in bar. Stellt sich die Frage, wofür er gezahlt hat! Für einen Lover, der die Fähigkeiten seiner Liebsten generös zu würdigen weiß, ist das ein wenig zu generös. Du gehst jetzt jedenfalls an Michaelas Computer und suchst, was immer du dort finden kannst.«

Schweingruber salutierte zum zweiten Mal an diesem Tag. »Sir! Yes, Sir! Suchen, finden, kill and destroy! Jawoll!«

»Blödmann!«, meinte Melchior bloß und ging zur Türe, um zu sehen, was die beiden Mädchen so machten. Währenddessen setzte sich Schweingruber an den Computertisch und bootete den PC.

»Hören Sie … Ich will Sie nicht stören, aber…«

»Ist schon okay. Also mir fällt nichts auf, was hier verschwunden sein könnte«, sagte Sandra.

Melchior wartete, bis auch Andrea aus dem anderen Zimmer herauskam. »So, wie es aussieht«, er wedelte mit dem Ordner, »das wird jetzt etwas unangenehm. Ihre

Freundin hat sich offenbar auf irgendeine Weise eine Menge Geld verschafft. Wissen Sie etwas darüber?«

Sandras Überraschung war nicht gespielt. »Geld? Michaela? Wie denn?«

Andrea erschien weniger überrascht. »So, wie Sie das sagen, heißt das, sie hat sich das Geld illegal beschafft?«

Melchior verzog das Gesicht. »Nicht unbedingt. Aber so ganz unwahrscheinlich ist es auch nicht.«

Sandra geriet fast außer sich. »Andrea! Was redest du da! Michaela doch nicht. Sie würde nie ... sie hätte nie irgendetwas getan, das ... was soll das alles?«

»Nun ja, Tatsache ist, dass sie hohe Summen auf ihr Konto eingezahlt hat. Wenn der heilige Geist nicht im Sturzflug gekommen ist - woher hatte sie das Geld?«

»Keine Ahnung«, meinte Andrea.

»Aber das muss ich sagen – entschuldige, Sandra! Das passt zu all den neuen Klamotten, dem neuen PC, und im August ist sie zwei Wochen auf die Seychellen geflogen. Wir haben uns ganz schön gewundert. Ist doch wahr, Sandra! Schau mich nicht so an!«

Melchior war gar nicht begeistert davon, dass sich die beiden Freundinnen jetzt fast in die Haare gerieten, weil er das ja schließlich angezettelt hatte, und war ganz froh darüber, dass sich in diesem Moment Schweingruber lautstark einschaltete: »Chef, komm her! Wichtig!«

Melchior wandte sich erleichtert seinem Assistenten zu, der mal wieder das Blödeln nicht sein lassen konnte.

»Hier gucken, Chef. Mächtig interessant! Siehst du?« Nein, Melchior sah nicht! Dafür sah aber Schweingruber den ungeduldigen Blick seines Chefs und brachte seine Gesichtszüge wieder in Ordnung.

»Jemand war da unbefugt dran! Hundertprozentig! Einiges ist gelöscht worden. Die gelöschten Dateien befinden sich noch im Papierkorb. Gestriges Datum, 3 Uhr 31 in der Nacht. Wenn du eine Datei löschst, wandert sie in den Papierkorb, ist klar, gell? Und hier sind die gelöschten Dateien. Schau in diese Rubrik: Löschdatum! Siehst du hier? Diese drei Dateien sind gestern früh um drei Uhr dreißig gelöscht worden. Um halb vier!«

Melchior verstand. »Zu einem Zeitpunkt, als Michaela Griese schon tot war. Sie kann es also nicht selbst gewesen sein, folglich …«

»… folglich war es unser Freund! Gelöscht wurden zwei Textdateien und eine AVI-Datei!«

Es gab Computerfreaks, es gab Menschen, die sich mit Computern gut auskannten, und es gab Melchior. Er verstand von einem Computer genauso viel wie von einem Auto. Man setzte sich hinein, startete und fuhr. Warum das Auto fuhr, wusste er nicht, und es war ihm egal. Mit dem Computer ging es ihm ähnlich. Natürlich wusste er, wie er in die Datenbank des LKA, des BKA oder von Interpol kommen konnte und was er dann zu tun hatte, um an Informationen zu kommen. Natürlich konnte er Berichte am PC schreiben und im Internet surfen, um Dinge in Erfahrung zu bringen. Aber warum und wie das Ding funktionierte, davon hatte er keine Ahnung – aber dafür gab es ja Schweingruber, der verstand um so mehr davon. Und Melchior fragte sich, warum er sich mit der ihm unverständlichen Materie befassen sollte, da er doch seinen Assistenten hatte.

»Und was ist das schon wieder?«, fragte er misstrauisch.

»Also wirklich, du verstehst einfach zu wenig von Computern, Chef, wenn ich mir die Bemerkung gestatten darf. AVI – Filmdatei, gängiges Format. Leider haben die Dateien nur unverbindliche Namen, siehst du? 01 und so. Sie waren zusammen in einem Ordner, und der ist gelöscht worden. Ich kann sie – wiederherstellen … oh, Mist, geht nicht. Mist, Mist! Die Textdatei auch nicht. Wiederherstellung nicht möglich - aber das gibt es doch eigentlich gar nicht! Scheiße! Oh, Entschuldigung.«

Melchior konnte es sich nicht verkneifen, leicht ironisch zu werden. »Macht doch nix, Hans. Trotzdem schön zu wissen, dass man jemand bei sich hat, der sich mit Computern so prima auskennt, wenn man selber schon alt und verkalkt ist. Immerhin wissen wir jetzt, dass jemand am Computer war. Vielleicht hat er Fingerabdrücke hinterlassen. Es wäre sicher nicht schlecht gewesen, wenn du mit Handschuhen gearbeitet hättest.«

Schweingruber erschrak sichtlich, vor allem, weil ihm solche Fehler gewöhnlich nicht unterliefen. »Upps, sorry! Daran habe ich gar nicht gedacht.«

Melchior winkte ab. »Auch schon egal. Wir können ja hoffen, dass er unvorsichtig war. Dann finden wir seine Abdrücke auch woanders. Filmdatei, hast du gesagt?«

Schweingruber nickte. »Richtig, ein Film. Dem Umfang nach, schätze ich, etwa drei Minuten lang. Kann man nie so genau sagen, weil es da auch auf die Qualität ankommt. Bei der Dateigröße wird's aber in etwa … Und die Textdateien: auch nicht viel: Ein paar Schreibmaschinenseiten vielleicht, kaum mehr …«

Andrea war inzwischen herübergekommen und stand voller Interesse neben Melchior.

»Ich hab gehört, was los ist. Ich kann Ihnen wahrscheinlich helfen. Die Dateien könnten mit einem besonderen Killerprogramm gelöscht worden sein. Wir haben mit solchen Programmen an der Uni gearbeitet. Wenn man Dateien, die so behandelt sind, löscht, werden sie tatsächlich gelöscht und nicht nur so halb und halb wie üblich. Das Verfahren ist sehr beliebt bei Leuten, die ihren PC sauber halten wollen, vor allem, falls zu befürchten ist, dass irgendjemand darin herumschnüffeln könnte. Sehen Sie, ich rufe das Programm mal auf…«

Sie drückte so schnell ein paar Tasten, dass Melchior nicht rechtzeitig einschreiten konnte. Er sah nur zur Decke und dachte sich seinen Teil.

»Vielen Dank, jetzt haben wir also auch noch Ihre Fingerabdrücke da drauf, macht nur alle so weiter ...«

»Oh«, machte Andrea. »Oh, das tut mir leid...«

Schweingruber dagegen hatte nur Augen für das ihm unbekannte Programm. »Aha! Daher pfeift der Wind. Das sind Profis, na klar! Wofür studiert ihr denn, wenn nicht für so was.«

»Wir nehmen uns die Festplatte aber trotzdem vor, Hans, dass das klar ist. Es könnte ja sein ...«

Was für ein Zufall, dass so ein Killerprogramm auf dem PC existierte und der Mörder es benutzt hatte. Wusste er davon? Konnte das noch Zufall sein oder hatte sich der Mörder dieses Programm ganz bewusst bedient?

»Natürlich, Chef.«

Sandra hatte die ganze Zeit nur dagestanden und die Welt nicht mehr verstanden. »Was hat das alles zu bedeuten? Ich verstehe das alles nicht. Warum bricht jemand hier ein und stiehlt Videos und ... und löscht Dateien an Michaelas PC?«

»Na ja«, meinte Melchior. »Sie haben doch gesagt, Michaela hätte ihre Filme am PC aufbereitet, geschnitten oder was auch immer. So einen Film muss der Täter gelöscht haben. Außerdem hat er – vielleicht zur Sicherheit – die ganzen DVDs mitgehen lassen. Und da muss noch mehr gewesen sein, was er gesucht hat, sonst hätte er hier nicht so ein Chaos angerichtet«

»Eine Sicherheitskopie, natürlich, Chef. Da wette ich drauf. Wenn der Film so wichtig war, dann hat Michaela ihn mit Sicherheit kopiert und auf CD gebrannt. Und bei den DVDs da oben hat der Einbrecher sie nicht gleich gefunden.«

»Das hat sie bestimmt gemacht, das glaube ich auch. Hier ...« Sandra öffnete eine Schublade am Schreibtisch und verstummte.

»... waren ihre restlichen CDs drin. Richtig?«, vervollständigte Melchior ihren Satz. »Und die sind jetzt auch weg, oder?«

»Ja«, sagte Sandra leise.

»Was war auf diesem Film, verflixt noch mal? Das Bild da, der Film, die Geldzahlungen – wie hängt das alles zusammen?«

»Wieso? Was hat das Bild damit zu tun?«, fragte Andrea.

»Weiß ich noch nicht«, musste Melchior zugeben. »Aber alles zusammen muss wohl der Grund sein, aus dem sie sterben musste.«

Sandra versuchte es noch einmal auf die energische Tour: »Michaela war nicht ... Unterstellen Sie nicht dauernd, dass sie – was weiß ich – war!«

»Glauben Sie mir: Ich unterstelle ihr gar nichts. Aber das Geld ist eine Tatsache, das lässt sich nicht wegdiskutieren! Woher hatte sie es, frage ich Sie?«

Jetzt fand offenbar auch Andrea, dass es genug war. »Dass sie Geld hatte, heißt doch noch gar nichts. Sie verschwenden Ihre Zeit mit so was. Da gibt es sicher eine ganz einfache Erklärung. Ihre Eltern haben vielleicht im Lotto gewonnen und ihr das Geld gegeben oder ... Ach, Sie machen mich krank mit diesem Kram! Suchen Sie lieber den, der Michaela getötet hat!«

Ach, sieh mal da! Die hübsche Ungarin konnte also auch ganz schön biestig werden, konstatierte Melchior. Paprika im Blut, was? Zeitverschwendung nannte sie das, so, so!

»Keine Angst, das habe ich vor«, antwortete er bestimmt. »Es könnte aber doch sein, dass der plötzliche Geldsegen und das ebenso plötzliche Ableben Ihrer Freundin eine gemeinsame Ursache haben, oder? Na egal, letzte

Frage, reine Routine, haben Sie sicher schon darauf gewartet: Wann haben Sie Michaela zuletzt gesehen?«

Sandra blickte Andrea an. Diese deutete ihr zu sprechen. Ihr war vermutlich gerade nicht danach.

»Wir waren Samstagabend im Night Fever. Andrea war mit ihrem Freund da, Michaela und ich alleine.«

Etwas säuerlich merkte Andrea an: »Was heißt da zusammen? Wir durften ja nicht einmal an euren Tisch!«

»Ach komm, hab dich nicht so! Das hat man doch gesehen, dass ihr lieber allein wart. Wir hätten doch bloß gestört, und du sitzt doch sonst auch lieber an der Bar.« Zu Melchior gewandt fuhr sie fort: »Jedenfalls war es kein toller Abend. Michaela war wegen – was weiß ich – ein bisschen seltsam. Sie hat fast gar nichts gesprochen. Sie war anders als sonst. Hat mir auch nicht gesagt, was los ist. Mir wurde dann langweilig, ich bin um zwölf gegangen.«

»Und Michaela?«

Andrea antwortete diesmal. »Kann ich nicht sagen. Mein Freund wollte um eins heim, weil er früh raus musste. Ich bin dann auch gegangen. Michaela tanzte gerade. Ich hab ihr nur zugewinkt. Sie hat ja auch den ganzen Abend kein Wort mit mir geredet, ist nicht einmal zu uns herübergekommen!«

»Michaela war also noch im Lokal, nachdem Sie beide schon weg waren?«

Sandra hob entschuldigend die Arme. »Ja, wenn Andrea das so sagt. Ich weiß das nicht. Da war so ein komischer Typ, etwas älter, aber ganz nett, irgendwie. Mit dem hat sie ein paar Mal getanzt.«

»Name? Adresse? … War nur ein Scherz! Wie er aussah, könnten Sie mir aber sagen.«

»Oh Gott! So genau habe ich ihn mir nicht angesehen. Groß, dunkle Haare – ich meine, so schön war er nun auch wieder nicht. Hat das etwas zu bedeuten?«

»Dass er nicht so schön war? Oder was meinen Sie? Schon gut! Keine Ahnung, ob es was zu bedeuten hat, aber der Typ ist fürs Erste besser als gar kein Verdächtiger. In Ordnung. Ich hätte dann erst mal keine weiteren Fragen.«

»Das heißt, wir können jetzt gehen?«, fragte Andrea, immer noch sichtlich verärgert.

Melchior nickte. »Es sei denn, Ihnen wäre noch etwas aufgefallen, das hier in der Wohnung fehlt. Nein? Dann … Halt, etwas brauchen wir doch noch, und zwar Ihre Fingerabdrücke. Wir müssen ja Ihre Abdrücke sozusagen im Ausschlussverfahren mit denen vergleichen können, die wir hier finden, verstehen Sie? Hans, könntest du …?«

Und wie der konnte!

»Stets zu Diensten, Euer Lordschaft. Habe alles dabei. Wenn mir die gnädigen Fräuleins kurz ihre bezaubernden Finger überlassen würden. Sie bekommen sie auch garantiert unversehrt zurück.«

Andrea zeigte weiterhin null Humor. »Sagen Sie, Herr Kommissar: Redet der immer so einen Müll daher? Ist ja voll peinlich …«

Melchior breitete die Arme aus. »Tut mir leid, so ist er halt. Ein steter Quell der Freude! Aber wenn er zu sehr nervt, am Rücken hat er einen Schalter, da können Sie die Lautstärke verringern oder ihn ganz abschalten …«

»Jetzt hör aber auf, Andrea«, meinte Sandra beschwichtigend. »Er ist doch ganz nett. Lass ihn doch in Ruhe!«

Schweingruber strahlte Sandra an. »O Freude. Herzlichsten Dank. Euer Liebden haben gerade einen Freund fürs Leben gefunden. Wenn ich jetzt bitten dürfte!«

Er öffnete seinen Koffer – allzeit bereit, don't leave home without it – und bat die Mädchen ins Bad. Halt, stopp! Aus unerfindlichen Gründen änderte er seinen Plan und bat die Mädchen stattdessen in die Küche, um ihnen dort die Abdrücke abzunehmen.

Melchior stellte sich erneut vor Michaelas Bild und überlegte eine Weile. Er fühlte, dass er jetzt ganz nah dran war, aber die genauen Zusammenhänge wollten noch nicht aus dem hintersten Speicher seiner inneren Festplatte nach vorne kommen. So ist das eben: Je älter man wird, desto länger dauert es. Das rote T-Shirt, die roten Haare, der Chiemsee. Was zum Teufel hatte er mit diesem Tag zu schaffen gehabt?

»Chiemsee … 20. Mai …«, murmelte er. »Was war das für ein Wochentag?

Der erste Mai war ein … Genau! Ja, sicher, das ist es. Jetzt hab ich's. Das ist ein Ding!«

Wenn das stimmte, was er jetzt zu wissen glaubte – und er war sich fast sicher, dass es stimmte – dann war er an der Nase herumgeführt worden. Die persönliche Statistik! Sie hatte eine Delle bekommen. Jemand war ihm durch die Lappen gegangen, ohne dass er es bis heute gewusst hatte. So eine Unverschämtheit!

Aber es hieß noch etwas anderes, und das hatte nichts mehr mit persönlicher Eitelkeit zu tun! Sein schlechtes Gewissen meldete sich vehement: Hätte er sich damals nicht vorführen lassen wie ein Schulbub, dann wäre Michaela Griese heute noch am Leben.

Aua, das war ein böser Gedanke, ein ganz, ganz böser Gedanke!

Wahrscheinlich wäre Michaela Griese noch am Leben, sagte er sich. Sicher kann man sich nicht sein, auch nicht, wenn er damals an diesem Tag am Chiemsee …

»Scheiße!«, fluchte er laut.

Schweingruber hatte ihn gehört. »Chef?«

»Mach schnell, ja? Wir müssen so schnell wie möglich zurück ins Büro. Sobald die Spurensicherung da ist. Ich weiß jetzt, was mit dem Bild hier los ist. Du wirst Augen machen!«

6.

Auf dem Rückweg zum Präsidium war Melchior gefahren, und um ein Haar hätte er das Blaulicht benutzt, um noch schneller fahren zu können. Er hatte kein einziges Wort gesagt, obwohl ihn Schweingruber mehrfach gebeten hatte, er möge endlich damit herausrücken, was los war. Schon in der Wohnung hatte er damit angefangen. Dass Melchior vor den Mädchen nichts sagen konnte, hatte er noch eingesehen. Aber auch danach im Auto: das große Schweigen! Melchior wollte es so richtig spannend machen.

Dafür wollte Melchior aber noch eine Auskunft von Schweingruber. Auch davon hatte man aus nahe liegenden Gründen nicht vor den Mädchen sprechen können.

»Hans, eines ... Dieses Killerprogramm, du weißt schon. An Zufälle glaube ich nicht bei solchen Sachen. Was ich mich frage, ist: Hat der Mörder gewusst, dass und vor allem wie er die Dateien unwiderruflich löschen kann, oder wie ist das mit dem Teil?«

»Nein. Das ist so: Das Programm wird installiert, und dann macht es seinen Job, wann immer eine Datei gelöscht wird. Ich weiß, worauf du hinaus willst. Wer immer die Dateien gelöscht hat, sie sind weg, egal ob er von dem Programm gewusst hat oder nicht. Wenn du eine Datei gelöscht hättest, wäre dasselbe passiert.«

»Aber der Unterschied ist: Ich wüsste nicht, dass es passiert, dass da ein Programm ist, das alles wegradiert. Was ich sagen möchte, ist ...«

»Ich hab dich schon verstanden. Aber du siehst doch: Die Dateien konnten nicht wiederhergestellt werden. Ich habe es sofort gesehen. Und der Kerl kann das genauso gesehen haben wie ich. Das ist kein Beweis für irgendwas, glaub mir.«

Melchior verzog das Gesicht. »Schade. Ich dachte schon, da hätten wir was in der Hand. Na, dann halt nicht.« Er öffnete seine Bürotür. »So, jetzt pass mal auf. Wenn meine kleinen grauen Zellen noch so arbeiten, wie ich das gewohnt bin, erlebst du jetzt eine richtig große Überraschung.«

Er ging zum Aktenschrank und begann zu wühlen. Eine alte Akte nach der anderen – Mann, da müssten mal mehr Ordnung und System hinein – sah er kurz an: erledigter Fall, unerledigte Fälle gab es ja nicht, und legte sie beiseite, bis er das gefunden hatte, wonach er suchte. Erledigter Fall. Ja, gewiss. Bis heute jedenfalls, denn ab heute würde diese Akte wieder als unerledigter Fall gelten!

»Na, wer sagts denn, da ist sie ja. Also …«, sagte er gedehnt. »Jetzt setz dich gemütlich her, es wird länger dauern. Ich muss dir nämlich eine Geschichte erzählen. Kannst dich jetzt schon freuen, ich komme nämlich am Ende nicht gut dabei weg.«

Schweingruber hob einen Finger, deutete ein »Warte mal« an und holte in weiser Voraussicht Kaffee und zwei Tassen und schenkte ein. Dann setzte beziehungsweise lümmelte er sich in den halbwegs bequemen Gästestuhl. Seinen eigenen Chefsessel herüberzuholen, war er zu faul.

»Ich bin ein Idiot!«, begann Melchior. »Ein Riesenrindvieh. Doppelnull. Mehr Eigenlob gibt's heute nicht!

Ich habe es gewusst: Ich kenne das Mädchen, beziehungsweise … ach was soll's! Du kannst es ja nicht wissen! Der 20. Mai! Du warst im Urlaub in der Woche, deswegen weißt du vermutlich gar nichts darüber. Und sag ja nicht, wenn du dabei gewesen wärst, wäre das nicht passiert! Ich warne dich! Folgendes passierte am 20. Mai:«

Etwa gegen halb vier nachmittags fuhren zwei Männer, der 36-jährige Ralf Ebener und der gleichaltrige Marinus Schildhauer, mit Ebeners kleinem Segelboot von einem kleinen Jachtklub in der Nähe von Übersee am Chiemsee aus auf den See hinaus. An diesem Tag herrschte sonniges, schwülwarmes Wetter, allerdings mit dem, was man für gewöhnlich eine steife Brise nennt. Es zog eine Gewitterfront auf, eine Sturmwarnung war bereits ausgegeben. Um genau 3.44 Uhr kenterte das Segelboot bei einem, wie Fachleute später sagten, äußerst stümperhaft und geradezu halsbrecherisch ausgeführten Wendemanöver nur etwa vierzig oder fünfzig Meter vom Ufer entfernt, direkt vor dem Landungssteg des Bootshauses, von dem aus die beiden Männer in See gestochen waren. Zeugen waren über zwanzig Leute, die dort entweder in der Sonne lagen oder im Imbissstand an den Biertischen saßen.

Obwohl sich augenblicklich Rettungsboote sowohl von Land als auch vom Wasser aus zu dem kieloben treibenden Boot in Bewegung setzten, sowie ein paar ganz verwegene Schwimmer Baywatch spielten, konnte nur noch einer der Insassen, nämlich Ralf Ebener gerettet werden. Der andere blieb verschwunden. Er hatte keine Schwimmweste getragen, das Wasser war naturgemäß um diese Jahreszeit noch ziemlich kühl – er musste untergegangen sein wie ein Stein. Seine Leiche wurde trotz intensiver Suche nie gefunden. Allzu intensiv war die Suche freilich nicht, weil schon gut eine Stunde später das Gewitter da war und alle an Land mussten. Am nächsten Morgen wurde die Suche zwar fortgesetzt, aber erfolglos. Nichts ungewöhnliches. Wie die Menschen sagen: Der See gibt sein Opfer nimmer her.

Der angeblich erheblich unter Schock stehende Ebener wurde sofort in das Priener Krankenhaus eingeliefert, psychologische Betreuung frei Haus gab's dazu. Die Psychoklempner mischen sich ja heutzutage überall ein und haben das Monopol auf alles, was an Trauerarbeit und Verständnis zu leisten ist, auch da, wo es mitunter gar nicht nötig wäre. Ebener konnte oder wollte nach Auskunft der Psychologen am selben Tag noch keine Angaben zu dem Unfallhergang machen. Medizinisch wurde lediglich eine leichte Unterkühlung diagnostiziert. Bleibende Schäden wurden nicht festgestellt. Ebener wurde am nächsten Tag wieder entlassen.

Melchior traf eine Stunde nach dem Unfall am Bootshaus ein, um den Fall zu untersuchen, stand dabei wegen des aufziehenden Gewitters ein wenig unter Zeitdruck, ein wenig sehr sogar, aber das durfte keine Entschuldigung für irgendwas sein.

Alle Zeugenaussagen stimmten überein. Jeder, der das Kentern des Bootes gesehen hatte, bestätigte, dass Ebener am Ruder und Schildhauer im Bug gesessen hatte und dass sie noch nie ein so schlechtes, ja selbstmörderisches Wendemanöver gesehen hätten. Da sich Melchiors Kenntnisse über die christliche Seefahrt auf das Unterscheiden von Backbord und Steuerbord beschränkten und er ansonsten nur Bahnhof verstand, wenn es um Luv und Lee ging, musste er notgedrungen diese Meinungen unwidersprochen akzeptieren. Unstrittig und entscheidend war, dass sich an Bord des Bootes eine zweite Person aufgehalten hatte – mit Betonung auf hatte. Da Ebener und Schildhauer vorher gemeinsam das Bootshaus betreten hatten und Schildhauer danach von niemandem mehr gesehen worden war, was durch mehrere Zeugen bestätigt wurde, musste mit an Sicherheit grenzender Wahrscheinlichkeit davon ausgegangen werden, dass es sich bei dem Vermissten um Marinus Schildhauer handelte. Soweit alles klar.

Nach der Aussage Ebeners, die dieser sofort nach seiner Entlassung machte, hatte er die Stärke des Windes unterschätzt und ein zu gewagtes Wendemanöver gefahren. Auch das klang glaubhaft.

Als das Boot kenterte, habe er sich instinktiv an der Bordwand festgehalten. Da er im Gegensatz zu Schildhauer eine Schwimmweste trug, konnte ihm nichts geschehen. Er hatte nur mit aller Kraft versucht, nicht unter das kenternde Boot oder das Segel zu geraten. Dies genau, so mutmaßte Ebener, musste aber dem anderen passiert sein, denn als Ebener selbst wieder halbwegs klar denken konnte, war Schildhauer bereits nicht mehr zu sehen, also wohl schon untergegangen. Ebener hätte nach ihm tauchen wollen, aber das war ihm wegen seiner Schwimmweste unmöglich. Vielleicht, so Ebeners Erklärung, war Schildhauer im Boot eingenickt und hatte daher viel zu spät reagiert. Ebeners Geschichte deckte sich jedenfalls exakt mit den anderen Zeugenaussagen. Weitere Nachforschungen erübrigten sich, der Fall wurde kein solcher, sondern als tragischer Unfall abgeheftet, auch wenn die Leiche fehlte.

Vorwürfe gegen Ebener erübrigten sich. Er wusste selbst, dass er fahrlässig gehandelt hatte. Möglicherweise hatte er auch unter leichtem Alkoholeinfluss gestanden. Aber nicht einmal das war ihm nachzuweisen, da man es im Krankenhaus versäumt hatte, eine Blutprobe zu nehmen. Lediglich eine Zeugin wollte beobachtet haben, wie Ebener ein Bier getrunken hatte, und Ebener hatte dies auch nicht bestritten. Aber wegen eines Biers ist man ja nicht angetrunken, oder? Ende der Untersuchung. Unfall mit Todesfolge – und nicht einmal das konnte man hundertprozentig sicher sagen, da man ja, wie gesagt, die Leiche Schildhauers bis heute nicht hatte finden können.

»So, das wäre es«, schloss Melchior seinen Bericht. »Hier ist die Akte, meine Notizen, die Protokolle von den Zeugenaussagen – und ein paar Fotos, die eine Frau geschossen hat, nachdem das Boot gekentert war. Sie hat sie uns dankenswerterweise zur Verfügung gestellt. Wir haben sie vergrößert – ordentliche Qualität. Und jetzt schau dir das an, und fall mir nicht vom Hocker!«

Melchior reichte Schweingruber eine der Aufnahmen über den Tisch.

»Rechts, Hans, siehst du sie?«

Manchmal wurde sogar Kommissaranwärter Hans Schweingruber ganz leise. »Ich werd verrückt! Michaela Griese!«

Melchior schmunzelte. »Ganz verkalkt bin ich dann doch noch nicht. Es hat nur ein bisschen gedauert, aber ... Siehst du? Sie trägt auf diesem Foto dieselben Klamotten wie auf dem Bild in ihrer Wohnung. Dasselbe knallrote Shirt. Sie war da, Hans, sie war an diesem Tag da, und sie hat die ganze Szene gefilmt!«

»Hat sie dir damals dieses Video gegeben?«

»Nein, nein! Das ist ja genau der Punkt, Hans. Im Gegenteil. Ich bin ihr nie begegnet. Sie hat sich offenbar verdrückt, bevor ich eingetroffen bin. Die Leute dort haben mich sogar noch auf sie angesprochen, als ich fragte, ob jemand den Vorfall gefilmt oder fotografiert habe. Man hat sie beobachtet, wie sie gefilmt hat. Aber niemand kannte ihren Namen oder ihre Adresse. Nachforschungen waren, dachte ich, überflüssig, also habe ich die Sache auf sich beruhen lassen.«

»Na, wenn das mal nicht ein Fehler war!«

»Ich hab doch gesagt, ich komme bei der Sache schlecht weg. Ich hab auch ein ganz mieses Gefühl dabei. Aber das hilft jetzt auch nichts mehr. Geschehen ist geschehen. Jetzt wird mit klar: Es war ein Fehler, und was für einer! Aber was, bitte, hätte ich tun sollen? Der Fall war keiner, das Mädchen nicht aufzutreiben, wozu also der Aufwand? Jetzt wissen wir es besser!«

»Was meinst du?«

»Na komm! Zähl zwei und zwei zusammen: Noch einmal der Reihe nach die Fakten. Am 20. Mai sinkt das Segelboot im Chiemsee. Marinus Schildhauer kommt dabei ums Leben, jedenfalls aller Wahrscheinlichkeit nach. Michaela Griese steht am Ufer und filmt das Unglück. Danach macht sie sich aus dem Staub. Warum wohl? Weil sie nichts mit der Polizei zu tun haben will. Die Mädchen sagen, dass Michaela am 27. Mai, eine Woche danach, ihre Arbeit gekündigt hat, weil bei ihr der plötzliche Reichtum ausgebrochen ist! Dämmert's schon? Am 5. Juni, zwei Wochen nach dem Unfall, zahlt Michaela Griese 25 000 Euro bei einer hiesigen Sparkasse ein. Am 1. September noch einmal 25 000. Also mindestens 50 000 aus einer ominösen Quelle. Und heute liegt die ominöse Michaela tot in der Gerichtsmedizin, und ein ebenso ominöser Einbrecher klaut aus ihrer Wohnung sämtliche Videos und löscht Fotos oder meinetwegen auch Filme aus ihrem Computer. Was ist? Klingelt's bei dir jetzt endlich?«

Schweingruber wagte einen Schuss ins Blaue. »Also Erpressung?«

Und Caspar Balthasar Melchior sah zum Himmel und hob die Hände zum Gebet. »O Herr, sieh dein Schäfchen, es hat auf den rechten Weg gefunden. Hans, aus dir wird doch vielleicht tatsächlich noch ein richtig guter Polizist!«

Doch der richtig gute Polizist in spe war eher skeptisch. »Gut, das verstehe ich ja. Aber womit zum Henker könnte sie denn Ebener erpresst haben? Ich seh da keinen Grund.«

»Siehst du, genau das ist es! Ich streue Asche auf mein Haupt und gebe zu, bei der Sache nicht gründlich genug ermittelt zu haben. Aber jetzt zum letzten Mal Asche streuen, ja? Also Theorie Nummer eins: Ebener könnte Schildhauer damals umgebracht und Michaela könnte es gesehen haben.«

»Verdammt viel Konjunktiv in deinen werten Ausführungen«, unterbrach Schweingruber seinen Chef.

»Weiß ich selbst. Ich sehe es so: Ich kriege jetzt eine zweite Chance, diesen vermaledeiten Bootsunfall aufzuklären, und das werde ich tun. Die zweite Möglichkeit – das haben wir gleich!«

Melchior blätterte in der Akte und griff zum Telefon. Er wählte eine Nummer, die wohl in der Akte stand.

»Wen rufst du an?«

»Den Typen von der Versicherung, der damals ... Ja? Guten Tag. Oberkommissar Melchior, Kripo Rosenheim. Würden Sie mich bitte mit Herrn Ortlieb verbinden? ... Ist im Hause? Ja doch, es ist dringend, dienstlich ... ja, danke.«

Melchior trommelte vor Ungeduld mit den Fingern auf dem Tisch, während sich Schweingruber in aller Seelenruhe noch einen Kaffee einschenkte.

»Es gab da eine Lebensversicherung, verstehst du? Ich hab mir damals schon meinen Teil gedacht deswegen, aber was hätte ich machen sollen? Dieser Ortlieb ist der Sachbearbei ... Ja, Herr Ortlieb? Oberkommissar Melchior. Sie erinnern sich? Das ist gut. Es geht um den Fall Schildhauer ... Ja, der Bootsunfall im Mai. Sie haben damals bei mir nachgefragt, ob irgendwelche polizeilichen Erkenntnisse vorliegen – ich glaube, weil Schildhauer bei Ihrer Gesellschaft eine Lebensversicherung abgeschlossen hatte ... Ach so, wechselseitig ... Aha. Gegenseitig für Schildhauer und Ebener. Auch gut. Ist der Betrag mittlerweile zur Auszahlung gekommen? ... Na ja, ich glaube, es gab doch gewisse Bedenken damals Ihrerseits ... Gab es nicht? Aha ... Eine Frage, das steht hier nämlich nicht in meinen Unterlagen: wie hoch war denn die Lebensversicherung? ... Oh, eine Million? Nicht schlecht! An wen ist der Betrag ausbezahlt worden und wann? ... Ja, ich warte.«

Jetzt war auch Schweingruber beeindruckt. »Eine Million«, hauchte er nur.

»Ja, da muss Oma lang dafür stricken, und eine Million macht ziemlich erotisch, wie wir wissen! Eine Million Euro sind eine Million Gründe, jemanden umzubringen, oder zumindest ... Ja, ich bin noch da. Aha, am 25. August nach der amtlichen Erklärung ... Ja! ... Sieh da, sieh da, Timotheus ... Nein, nein. Kein Grund zur Panik. Es gibt da, so viel kann ich Ihnen sagen, einen ungeklärten Todesfall im weiteren Umfeld Ebeners, und in diesem Zusammenhang sind wir noch einmal auf den Bootsunfall gestoßen ... Nein, Sie brauchen nicht ... Ja natürlich, wenn wir neue Erkenntnisse haben sollten, dann werden wir Sie selbstverständlich unterrichten ... Ja? Gut, das wär's dann, Herr Ortlieb. Danke für die Auskunft.«

Melchior legte auf, ballte die Fäuste und atmete tief durch. Seine Augen blitzten. »Die wittern natürlich sofort Morgenluft, ist ja klar! Also, eine schlappe Million Euro, ausbezahlt an die Produktionsgesellschaft Ebener & Schildhauer. Die Lebensversicherung war auf Gegenseitigkeit abgeschlossen. Ich sag dir was: Ich muss die ganze Geschichte noch einmal von vorne bis hinten überdenken. Das ist alles mächtig verwirrend. Wir machen jetzt Mittagspause, und danach gibt's mächtig Arbeit. Du kriegst zwei Jobs, nein drei: Du fährst wieder zurück in die Wohnung der Toten, sofern die Kollegen schon fertig sind, und checkst ihren Computer noch etwas genauer. Vielleicht kann man doch noch etwas rekonstruieren. Und kremple die Wohnung von hinten bis vorn um. Vielleicht hat der Einbrecher etwas übersehen. Zweitens steigst du dem – wie sagt man dazu? Türsteher? – dieser Diskothek auf die Füße. Vielleicht hat er was gesehen. Du weißt schon, unseren tanzenden Freund zum Beispiel. Wichtig ist, mit wem Michaela das Lokal verlassen hat, klar? Ach, nimm dir besser gleich die ganze Belegschaft vor. Foto von der Toten nicht vergessen!«

»Die werden so schnell nicht aufmachen im Night Fever. Montag noch dazu. Könnte sogar sein, dass die heute Ruhetag haben.« Immer diese Skepsis bei Schweingruber! Gar nicht seine Art.

Melchior winkte ab. »Macht nichts, hast sonst nichts mehr vor heute. Da wird ja wohl jemand aufzutreiben sein. Und drittens holst du alle Unterlagen über diese Produktionsfirma Ebeners raus, die du auftreiben kannst. Das dann gleich nach dem Mittagessen. Versuch's übers Handelsregister, die Banken, von mir aus Schufa, nur bring mir etwas über die finanzielle Situation der Firma und natürlich über Ebener und den dahingeschiedenen Schildhauer in Erfahrung, vor allem vor Schildhauers Ableben!«

»Und du?«

»Ich? Parbleu! Natürlich mache ich auch was! Ich werde jetzt mit Herrn Ebener telefonieren, und ihn dann in netter Form besuchen. Der wohnt, wenn ich mich recht erinnere – Moment, das muss doch hier stehen – ah ja, auf einem renovierten Bauernhof oberhalb von Achenmühle. Das ist der Samerberg, oder? Na, der wird sich freuen! An der Sache ist etwas faul, das weiß ich! Und ich finde heraus, was!«

Schweingruber rief in falscher Begeisterung: »Jawohl, Shogun! Das ist der echte Kämpfergeist! It's not over, till it's over!«

Melchior war verwirrt, obwohl er ja nun wirklich einiges gewohnt war. »Was zur Hölle soll das denn jetzt wieder bedeuten?«

Schweingruber zuckte nur die Schultern. »Weiß nicht, so wird es gesagt – von weisen Sportreportern.«

»Blödmann!«, knurrte Melchior und griff zum Telefon.

7.

Das Leben ist Veränderung. Das ist nichts Neues. Man sagt, dass sich ein Mensch alle sieben Jahre quasi runderneuert, was zumindest fragwürdig ist, weil sich manche Dinge niemals ändern. Aber natürlich verändert sich ein Mensch. Der Mensch Caspar Balthasar Melchior hatte sich verändert, schneller und umfassender, als er es selbst für möglich gehalten hätte. Mit jedem neuen Jahr erkannte er neue Eigenschaften an sich, von denen er früher nicht einmal geahnt hatte, dass er sie haben könnte, und fragte sich, ob es das Älterwerden sein könnte, das diese Eigenschaften hervorbrachte. Immerhin ging er jetzt stramm auf die magischen vierzig zu. Da fängt man schon an, über die fernere Zukunft zu meditieren.

So war er viel ungeduldiger als früher, als er sich alle Zeit der Welt genommen hatte, um einen Täter zu überführen. Hatte das damit zu tun, dass er nicht mehr so viel Lebenszeit hatte als noch vor zehn Jahren? Mittlerweile brauste er schneller auf, schlug auch mal mit der Faust auf den Tisch, was er früher nie getan hätte. Aber er war jetzt auch Oberkommissar und kein leisetretender Lehrbub mehr.

Und ganz nebenbei hatte er, zwar nur ganz selten, aber doch ab und zu, mit seinem Vorsatz gebrochen, nie eine Waffe zu tragen. Die Zeiten brachten es mit sich. Manchmal war es nötig geworden, wenigstens zu signalisieren, dass man bereit war, sich zu verteidigen.

Auf der anderen Seite waren alte Gewohnheiten vielleicht nicht verschwunden, aber doch in den Hintergrund getreten. Seine Lieblingsbeschäftigung war Mord, seit jeher. Die Krönung seiner Jagd auf den Mörder war die Sorte Mord, bei der der Täter glaubte, er habe den perfekten Mord begangen. Am meisten schätzte er die Sorte Täter, die das gleiche Spiel spielten wie Melchior selbst. Das war die größte Herausforderung. Der Perfekte auf der einen Seite, um sich selbst zu beweisen, dass der beste Polizist von allen auf der anderen stand. Das war's!

Da gab es nur einen Haken: In den zweieinhalb Jahren, in denen Melchior jetzt in Rosenheim war, hatte er von dieser Sorte Mord nur einen einzigen erlebt. Es war der Mord an dem Immobilienmakler Reichert gewesen, sein erster Fall. Seitdem war ihm nichts Vergleichbares mehr untergekommen. Er war enttäuscht gewesen, immer mehr mit jedem Monat, in dem kein »anständiger« Mord passiert war. Schließlich hatte er begriffen, dass in einer Region wie Rosenheim solche Morde nicht an der Tagesordnung waren. Das war bitter für ihn, aber er arrangierte sich damit und löste die Fälle, die er bekam – zwar mit weniger Freude, aber dennoch zuverlässig wie immer.

Den alten Melchior, der gerne mal in Hundescheiße trat, hatte er erfolgreich bekämpft – na, fast immer! Und sein Spiel, das er mit dem perfekten Mörder so gern gespielt hatte, das hatte er ruhen lassen – mangels perfekten Mördern. Diese Region war halt zu anständig…

Heute aber war sein Jagdinstinkt erwacht. Sein Bauch meldete ihm: Ebener hat entweder Schildhauer getötet, oder die beiden hatten zusammen einen raffinierten Versicherungsbetrug inszeniert. Die Griese war Zeugin geworden und musste daher sterben. Und Melchior war in seinem Innersten bereits davon überzeugt, dass Ebener das Mädchen getötet hatte. Vielleicht war es nicht der perfekte Mord, aber die Sache mit Schildhauer war nahezu perfekt gewesen. Nicht umsonst hatte er sich damals selbst gründlich täuschen lassen. Also durfte er endlich einmal wieder sein Spiel spielen! Mit anderen Worten: Melchior fuhr an diesem Nachmittag kurz vor zwei Uhr auf die Autobahn Richtung Samerberg, um einen Mörder zu überführen, nichts anderes. Augen fokussiert, Ziel erfasst. Go! Was Schöneres gibt es nicht!

Da war es nur natürlich, dass sich genau in dem Moment, als er auf die Autobahn fuhr, der Nebel endgültig verzog und die Sonne herauskam!

Nebenbei bemerkt: Das war auch so etwas, mit dem sich Melchior irgendwie hatte arrangieren müssen. Am Alpenrand herrschte nun mal ein Wetter, das einem nur die Wahl ließ zwischen Pest und Cholera: Entweder Föhn oder Dauerregen im Nordstau der Alpen. In München war das nicht so aufgefallen, wie das so ist in der Großstadt. Aber hier war man mitten drin im Wetter! Das hatte Melchior lange zu schaffen gemacht. Aber jetzt schien die Sonne! Na also!

Der Samerberg ist ein prächtiges Ausflugsgebiet rund zwanzig Kilometer südöstlich von Rosenheim. Die Bezeichnung Berg mag vielleicht übertrieben sein, wenn man bedenkt, was noch ein paar Kilometer südlich für eine Kulisse ihren Anfang nimmt, aber für ein paar hundert Meter Höhenunterschied ist er schon gut, und die Aussicht von seinen Höhen ist bei gutem Wetter fantastisch.

Von der Autobahnausfahrt Achenmühle aus fährt man den Samerberg an seiner Nordseite hinauf, wo die Hänge natürlich deutlich weniger besiedelt sind als an der Südseite. Aber ein paar Bauernhöfe verlieren sich auch hier. Einer davon hatte sich über ein Jahrhundert lang im Besitz einer alteingessenen Bauernfamilie befunden, der aber vor zehn Jahren die Erben ausgegangen waren. Der Hof hatte ohnehin nicht viel abgeworfen. Ein paar Milchkühe, ein paar Schafe, Hühner und ein kleines Weizenfeld, das war zu wenig, selbst wenn man der EU noch so viele Subventionen abluchste. Der letzte in der Reihe der Besitzer hatte irgendwann die Nase voll, wollte auch nicht in irgendeiner fragwürdigen TV-Show auftreten, nur um eine Frau zu finden, und verkaufte, um in Zukunft in der Stadt zu leben.

Ralf Ebener sah die Möglichkeit, für relativ billiges Geld an einen stattlichen Grundbesitz im Grünen zu kommen. Er war genau anders herum gepolt. Er hatte das Stadtleben gründlich satt und konnte das, was er tat, auch liebend gern auf einem Bauernhof machen. Natürlich ging es dabei nicht ums Schafehüten. Nein. Ebener war Musiker. Da ihm allerdings der große Durchbruch nie gelungen war – er war kein besonders guter Sänger, und die Musiker, auch noch so gute Musiker, standen nicht im Rampenlicht, sondern im Studio –, verlegte er sich beizeiten auf das Produzieren von Musik, Sparte Rock und Pop. Dabei war er in der Auswahl seiner Klientel nicht sehr wählerisch, und wenn es Geld bringen würde, hätte er auch die Zipfelsteiner Kaasspatzen produziert. Hauptsache, der Laden lief.

An dem Bauernhof waren naturgemäß eine ganze Reihe von Umbauten nötig gewesen. Der große Stall, der einmal über ein Dutzend Kühe beherbergt hatte, war jetzt ein Tonstudio, und im Dachgeschoss hatte er ein komplettes Film- und Fotostudio eingerichtet, um seinen zukünftigen Stars alle Werbung zukommen zu lassen, auf die sie Anspruch hatten. Wer hier arbeitete, sprich: wessen Lieder hier produziert wurden, um dereinst in der Hitparade aufzuscheinen, konnte für die Dauer der Aufnahmen inklusive Portfolio und dazugehörigem Video im ersten Stock wohnen, was die Arbeit sehr erleichterte.

Vor sechs Jahren, nachdem Ebener erste, aber keineswegs ausreichende Erfolge eingefahren hatte – die Zeit war schnelllebig und die Stars von heute oft die Tellerwäscher von morgen – war Marinus Schildhauer in die Produktionsfirma mit eingestiegen. Er war geschäftstüchtiger als Ebener, brachte auch frisches Kapital mit ein und schaffte es tatsächlich, dass der Laden wieder ein paar Jahre lang recht gut lief.

In diesem Frühjahr jedoch, soviel hatte Schweingruber auf die Schnelle recherchieren können, war die Geschäftslage Richtung Null unterwegs gewesen. Die Insolvenz schlich sich bereits über den Berg und nahm Fahrt auf wie ein Föhnsturm. Anfang Mai hatte die Bank ein letztes Mal ein Einsehen gehabt und noch einen Kredit für das sinkende Schiff – was für ein Vergleich – gewährt.

Die Finanzkrise, die Umstellung des Musikmarktes auf MP3 anstatt CDs, die Schäden durch illegales Downloading, alles das hatte der gesamten Branche schwer zugesetzt. Hinzu kam, dass sich zwar nahezu jeder Jugendliche für den Superstar von morgen hielt – womit er meistens alleine stand –, aber wirkliche Talente seltener zu finden waren als die berühmte Nadel in dem, was Ebener rechts von seinem Tonstudio liegen hatte. Na ja, in der Not frisst der Teufel Fliegen, und ein Musikproduzent schafft sich auch mal ein paar Schafe an, um ein paar Euro dazuzuverdienen. Kurzum: Ebener hatte keine Klientel mehr, die Erfolge verzeichnen konnte oder im Verdacht stand, jemals Erfolge erzielen zu können.

Jedenfalls stand außer Zweifel, dass der Tod Schildhauers die Rettung für die Firma war. Ohne die Prämie der Lebensversicherung stünde der Betrieb garantiert inzwischen still, und Ebener wäre hartzig geworden. Mit Schildhauers Tod war Ebener aber plötzlich schuldenfrei und solvent, um neue Projekte starten zu können.

Der Hof selbst lag, obwohl an der Nordseite gelegen, fast das ganze Jahr über in der Sonne. Denn Gegenhänge gibt es ebenfalls am Samerberg. Hier hätte man auch Touristen unterbringen können, so malerisch sah das aus – jetzt im Sonnenschein natürlich. Aber wie trübsinnig würde man hier werden, wenn der Nebel in den Senken hing, dachte sich Melchior.

Er hatte übrigens keinerlei Probleme, den Hof zu finden, obwohl er natürlich nicht direkt an der Straße lag, sondern etwa einen Kilometer abseits. Das lag aber nicht an Melchiors Navigationssystem, sondern an der Tatsache, dass er im Mai schon einmal hier gewesen war. Wie lange er damals gesucht hatte, fällt unter den Mantel des Schweigens. Wie gesagt, manche Dinge ändern sich nie!

Langsam und mit Bedacht stieg Melchior aus seinem Koreaner. Er ließ dabei allergrößte Vorsicht walten, denn auf einem Bauernhof lauerte die Gefahr überall! Auch wenn das hier quasi Bauernhof light war, konnte trotzdem überall ein Häufchen herumliegen, eine Schlammpfütze darauf warten, betreten zu werden und dergleichen Unbill mehr. Aber wie schon mehrfach erwähnt: Diesen alten Melchior gab es nicht mehr! Aus Schaden wird man klug.

Er läutete an einer mechanischen Glocke aus dem vorigen – Quatsch! – aus dem vorvorigen Jahrhundert, die neben der überdimensionalen Hoftür hing, und wartete vielleicht zehn oder fünfzehn Sekunden. Dann trat er einfach ein. Wie er es sich schon gedacht hatte, war nicht abgesperrt. Also, die Jagd konnte beginnen!

Er betrat einen dieser bei alten Höfen üblichen Mittelgänge, zu deren beiden Seiten die einzelnen Zimmer und Kammern lagen. Durch die offene Tür schien die tief stehende Sonne herein und erleuchtete den Gang wie das Schiff einer mittelalterlichen Kirche – nur dass in einer Kirche nicht solche Trophäen hängen würden, wie sie hier im Dutzend die Wand zierten. Offenbar waren die Vorbesitzer nicht nur gute Ackerbau- und Viehzuchtspezialisten gewesen, sondern hatten auch ausgiebig der Waidmannsleidenschaft gefrönt. Geweihe aller Größen und Arten hingen da bis hin zu einem kapitalen Sechzehnender an der hinteren Wand, dessen präparierter Kopf Melchior direkt entgegenblickte. Dazu die üblichen rustikalen Accessoires, Butterstampfer, ein Dreschflegel und natürlich der unvermeidliche Herrgottswinkel mit einem Kreuz, das locker einen Meter Spannweite hatte. Einziges Zugeständnis an die Neuzeit waren die modernen Decken- und Seitenstrahler und der elegante, aber robuste Läufer auf dem uralten Steinboden.

Melchior ging langsam ein paar Meter in den Gang hinein, räusperte sich vernehmlich, und als auch dann keine Antwort zu hören war, probierte er es mit einem lautstarken »Hallo!«.

»Hier«, kam es aus der offen stehenden Tür zu seiner Rechten. Langsam, immer noch sehr bedächtig ging Melchior bis an diese Tür, klopfte noch zwei Mal kräftig gegen den Rahmen und trat ein.

Das Zimmer war riesig. Vermutlich waren hier früher einmal zwei Räume gewesen. Dafür sprach auch der dicke Holzbalken, der in der Mitte des Zimmers die Decke stützte. Etwas verwirrend war die Einrichtung. Alte, sehr alte Möbel und Schränke waren kombiniert mit hochmodernen Einrichtungsgegenständen, dazu eine urgemütliche Sitzgarnitur aus rotem Leder, ein Perserteppich – ob echt oder nicht, wagte Melchior nicht zu entscheiden – und eine Art Büroecke nach Süden hin, also Richtung Hof, mit einem großen Schreibtisch, allen möglichen technischen Geräten, die heutzutage unerlässlich sind und einem protzigen Chefsessel, in dem Ralf Ebener saß und Melchior winkte, näher zu treten. Er selbst hatte noch ein Telefon in der Hand und hörte etwas genervt zu, wie am anderen Ende jemand einen langen Vortag hielt. Dies dokumentierte er Melchior gegenüber, indem er die Augen zur Decke verdrehte und mit der Hand eine Drehleierbewegung machte.

»Ja«, meinte er schließlich. »Pass auf, ich muss jetzt Schluss machen. Wichtiger Termin. Ja ... Ja ... Ja! Wirklich wichtig. Ich ruf dich morgen an. Dann besprechen wir das alles. Mach dir keine Sorgen. Wichtig ist allein deine Karriere, klar ... Ja. Genau. Also, dann bis morgen. Viszlat!«

Mit einem Aufatmen legte er das Telefon ab.

»Entschuldigen Sie. Manchmal ...«

Melchior winkte sofort ab. »Keine Ursache. Ich habe mich zu entschuldigen, dass ich Sie störe.«

Ebener erhob sich, ging um seinen Schreibtisch herum und gab Melchior die Hand, was dem Kommissar gar nicht gefiel. Schon im Mai war das so gewesen – diese freundliche, offene Art. Schließlich war der Mann seine Beute, und man konnte nun mal leichter jagen, wenn einem der Gegner unsympathisch war!

Ebener war etwas größer als Melchior, etwa eins achtzig und schlank. Er wirkte erholt und braungebrannt – für die Jahreszeit etwas zu braungebrannt, aber das war an sich ja kein Verbrechen. Seine langen, schwarzen Haare hatte er zu einem Pferdeschwanz gebunden, Dreitagebart, im rechten Ohr ein Piercing. Die Augen waren braun, der ganze Ausdruck des zwar nicht schönen, aber markanten Gesichts freundlich und fast friedvoll – vielleicht war auch der Begriff »harmlos« zutreffender. Jedenfalls fand sich in diesem Gesicht keine Spur von Hinterlist. Verdammt, dachte Melchior, das ist doch kein Mörder.

Ebener trug eine beige-braune Kombination ohne Jacke, nur Weste, ländlich-sittlich, die sicher nicht ganz billig gewesen war, dazu Cowboystiefel – eine merkwürdige Mischung aus drei Stilen. Was denn nun? Bayerischer Landmann auf dem Oktoberfest, Cowboy oder Rocker?

Ebener deutete auf die Sitzecke. »Nehmen Sie Platz! Hauptkommissar Melchior, richtig?«

»Oberkommissar«, verbesserte Melchior.

»Na, was nicht ist, kann noch werden, oder? Schön, Sie wieder zu sehen. Lassen Sie sich anschauen. Sie sehen ein wenig abgespannt aus. Das meine ich im Ernst! Lang keinen Urlaub mehr gehabt, was?«

»Na ja, Sie wissen ja ...«

»Eines sage ich Ihnen: Lassen Sie sich bloß nicht von irgendwem das Leben verdrießen. Es kann so schön sein. Aber jetzt lassen Sie mal raus, weswegen Sie hier sind. Am Telefon waren Sie so geheimnisvoll – ich bin direkt gespannt! Cognac?«

Melchior setzte sich hin. Die Couch war wirklich sehr bequem. »Danke, nein, keinen Alkohol. Und ansonsten: reine Routine.«

Ebener überhörte leider den Unterton in Melchiors Antwort. Denn einen Kaffee hätte er gerne angenommen. Statt dessen ging er zu einem dieser antiken, prachtvoll verzierten Schränke, der sich zu Melchiors Überraschung im Innern als perfekt ausgestattete Bar entpuppte, holte eine Flasche Cognac heraus und schenkte sich ein Glas ein. Dann kam er herüber und setzte sich gegenüber von Melchior auf die Couch. Er griff nach einer auf dem Tisch stehenden Holzkiste und öffnete sie.

»Come on! Das sagt ihr doch immer: Routine. Was Platteres ist Ihnen nicht eingefallen? Hier. Wenn schon keinen Cognac, wie wäre es dann mit einer Zigarre? Was ganz Leckeres aus Kuba. Kriegen Sie nicht alle Tage!«

Er hielt Melchior die Kiste hin. Der roch zwar genussvoll an den Zigarren – wie kann etwas, das so fantastisch riecht, nur hinterher so stinken! – lehnte aber ab.

»Nein danke, aber wenn ich eine Zigarette rauchen dürfte? Das will mir gerade mal wieder jeder abgewöhnen.«

»Nicht drauf hören! Die sterben genauso, höchstens gesünder. Und gesund leben heißt doch auch nur, den Tod unnötig hinauszuzögern! Aber klar. Jeder nach seinem Gusto, ich meine Zigarre, Sie das kleine Teil da, meins ist größer!«, scherzte Ebener und rückte einen riesigen steinernen Aschenbecher in die Mitte des Tisches. Dann holte er sich selbst eine Zigarre aus der Kiste, schnupperte daran, seufzte kurz, schnitt dann mit einem Cutter die Spitze ab und zündete die Zigarre mit einem langen Streichholz an.

Melchior benutzte das Feuerzeug für seine Zigarette und kam sich allerdings etwas unterprivilegiert vor.

»So, und jetzt raus damit: Was liegt an?«

»Nein, wirklich nichts von Bedeutung. Wirklich nur Routine. Ich muss diesen Unfall irgendwann mal endgültig abschließen, damit die Akte vom Tisch kommt.«

Ebener blies nachdenklich eine dicke Rauchwolke zum Himmel. »Ja, der Unfall. Kaum zu glauben, was ein paar Sekunden in einem Leben verändern können. Das ist doch seltsam.«

»Ach ja? Was meinen Sie?«

Ebener zögerte kurz, suchte nach den richtigen Worten. »Na ja, es gibt so Momente im Leben, da spielt das Schicksal ›Alles oder nichts‹. Das war so ein Moment. Es hat sich so vieles geändert seitdem. Erstaunlich, wenn man bedenkt, dass es eigentlich der größte Bock war, den ich in meinem Leben jemals geschossen habe, der größte meiner Fehler. Aber irgendwie ist dadurch alles anders geworden – besser!«

Melchior beugte sich vor. »Erzählen Sie! Jetzt haben Sie mich neugierig gemacht.«

Ebener nippte an seinem Cognac. »Fangen wir beim Geschäft an.«

»Gute Idee, ich weiß sowieso nur ansatzweise, was Sie beruflich machen.«

»Dann muss ich weiter ausholen. Ich produziere Musik, das wissen Sie ja vermutlich. Aber ein Produzent ist immer nur so viel wert wie seine Ware. Es ist so seltsam: Vor dem Unfall hatten Marinus und ich über Jahre hinweg nur Flops – also: fast! Es war wie verhext. Lauter untalentierte Nichtskönner, die sich aber eine Menge auf ihr Talent einbildeten. Und die paar, die schon etabliert waren, stürzten ab, dass es nur so krachte.

Nun stellen Sie sich vor: im Juni, nur drei Wochen nach dem Unfall, höre ich in einem Münchner Szenelokal eine junge Rockband, gut, nicht ganz so jung, aber unverbraucht. Ich lade die Burschen hierher in mein Studio ein, ich biete ihnen einen Vertrag an ... Was soll ich sagen: Im September waren die Jungs in der Hitparade, gute, handgemachte Rockmusik.«

»Ja, da stehe ich auch drauf.«

»Nicht wahr? Heute ist alles voll von synthetischer oder gecasteter Musik. Die Musik ist gestylt, der Act ist viel wichtiger als der Sound. Richtigen guten, alten, live gespielten Rock, den gibt's fast nicht mehr. Aber er hat seine Fans, das sage ich Ihnen. Gut, für Platz eins müssen wir noch etwas arbeiten, aber für Platz 23 hat es für den Anfang schon gereicht. Die kommen noch, die Burschen! Ja, und dann habe ich noch zwei heiße Eisen im Feuer. Aber was für welche! Die eine ist schon unterwegs. Die erste Platte ist produziert, wird gerade vorgestellt, für die Promotion war ich gestern in Berlin – Erfolg ist garantiert. Und die andere ... tja, was soll ich sagen? Wenn man Arbeit und Privatleben verbinden kann, das ist irgendwie die Krönung. Sie ist ganz nebenbei meine neue Freundin – eine Wucht in jeder Beziehung. Ein zukünftiger Star, auch ohne Castingshow. Dafür lege ich meine Hand ins Feuer!«

Melchior hakte ein. »Neue Freundin? Sagen Sie, waren Sie nicht verheiratet, oder täusche ich mich da?«

Ebener lachte auf, ganz natürlich, ohne jede Show, andererseits auch ohne Bitterkeit. »Nein, nein. Sie täuschen sich nicht. Im Mai war ich noch verheiratet – mit Betonung auf war. Das heißt, im Prinzip bin ich es immer noch, aber wir haben uns kurz nach dem Unfall getrennt.«

Melchior horchte auf. Dieses Thema erregte nicht nur beruflich, sondern auch privat seine Aufmerksamkeit. »Oh! Wie das?«, fragte er harmlos.

»Nun, manchmal muss man eben Konsequenzen ziehen, auch wenn's schwerfällt. Aber das ist man sich der Selbstachtung wegen schuldig. Selbstachtung, verstehen Sie? Das ist der Punkt!«

»Nein, das verstehe ich nicht ganz, aber reden Sie nur weiter, das interessiert mich persönlich!« Melchior war ganz Ohr.

»Ach, erwischt? Könnte das sein? Ich habe irgendwie so das Gefühl, Ihnen geht es ähnlich. Ja? Dachte ich es mir doch. Dann werde ich Ihnen das mal erklären mit der Selbstachtung. Also, nehmen wir an, jemand hat einen ganz normalen handwerklichen Beruf, sagen wir mal: Klempner. Gut? Ja, dann ist sein Job erlernbar – jedenfalls zu einem großen Teil. Man kann so etwas lernen. Ein kleines bisschen Talent und vielleicht sogar Kunst ist auch dabei, aber das meiste ist für jeden Lernwilligen begreifbar. Deutlich gesagt: für jeden Trottel. Dafür braucht man weder Abitur und Studium noch Genie. Das kapiert jemand mit wenig Grips und ohne besondere Talente auch, zumindest halbwegs. Er muss nur arbeiten können und arbeiten wollen, okay? Ich will um Himmels willen niemanden heruntermachen, ja? Ich sage nur, wie es ist! So! Jetzt nehmen wir jemand, der Musiker ist...«

»So wie Sie ...«

»So wie ich, genau! Oder wahrscheinlich auch jemand wie Sie, denn auch Ihre Arbeit ist nur zum Teil erlernbar, oder? Der Rest ist Fantasie und Intuition, habe ich recht? Egal. Zu mir: Nur jeder zehntausendste Mensch beherrscht ein Instrument, falls er überhaupt in der Lage ist, eines zu erlernen, so, dass man sagen kann, es ist anhörbar, ohne dass die Ratten weglaufen! Und von denen bringt es wahrscheinlich auch nur jeder zehntausendste zu einem standing wie ich. Und diese Beherrschung, dieses feeling ist nicht erlernbar - das muss man haben! Gottgegebenes, ich hätte fast gesagt, gottverdammtes Talent! Allein das ist schon etwas Außergewöhnliches! So. Jetzt nehmen wir weiter an, dieser Mensch hätte darüber hinaus noch eine weitere Fähigkeit, nämlich die, Menschen zu führen und weiterzubringen …«

»So wie Sie …«

»So wie ich, ganz genau! Und ich schätze, Sie haben das auch drauf, oder? Sie müssen doch sicher auch junge Kollegen anlernen, nicht wahr? Das ist ebenfalls ein Talent, das nur in ganz geringem Maß erlernbar ist. Das meiste daran ist eine Kunst. Warum glauben Sie, werden in der Wirtschaft so horrende Gehälter an Manager bezahlt? Weil das jeder Trottel kann? Ganz bestimmt nicht! Sondern deshalb, weil solche Fähigkeiten sehr, sehr selten sind.«

Was Melchior wirklich dachte, blieb sein Geheimnis. Nur dass die Worte »selbstverliebt« und »Arschloch« in seinen Gedanken eine Rolle spielten, sei hier verraten, und ein wenig gelangweilt war er auch.

Nach außen hin spielte Melchior natürlich mit. »Wahr. Aber deshalb ist ein Mensch ja nicht per se mehr wert, weil er nur das eine kann und das andere nicht.«

»Genau! Ganz genau richtig. Ein Mensch, der eine seltene Gabe hat, ist nicht mehr wert als einer, der etwas Alltägliches kann. Völlig korrekt! Aber, damit das klar ist: umgekehrt auch nicht! Und man kann nicht in Abrede stellen, dass er schon etwas Besonderes ist, vielleicht sogar ein Star, während unser Freund mit seinen verstopften Abflüssen ein stinknormaler Mensch ist, nicht wahr. Selbst, ich betone, selbst wenn unser Freund vielleicht sogar mehr Kohle verdient, vor allem weil er mit seiner Schwarzarbeit den Staat bescheißt und auch sonst den einen oder anderen Mitmenschen mit überzogenen Rechnungen. Der Punkt ist eben: es gibt Kopfarbeiter – es gibt Handarbeiter. Und wir kommen nicht weiter, wenn wir die Fähigkeiten des anderen nicht respektieren, verstehen Sie?«

Damit war Melchior allerdings einverstanden. »Voll und ganz.«

»So weit, so gut. Aber stellen wir uns nun vor, dieser Mensch mit seinen nicht alltäglichen Fähigkeiten hat eine Frau …«

»So wie Sie …«

Ebener widersprach heftig. »Äh, äh! So wie ich sie hatte! Dicke Betonung auf hatte! Und diese Frau stellt sich nun auf den Standpunkt, dass all seine Kunst nichts wert ist, dass nur handwerkliche Fähigkeiten etwas gelten, dass nur körperliche, aber nicht geistige und schöpferische Kraft wertvoll ist …«

»Das trifft ins Herz.«

»Richtig! Sie weiß es halt nicht besser, aber dennoch, ich möchte sogar sagen, entwickelt sie dabei eine gewisse Arroganz, obwohl man normalerweise die Arroganz auf der anderen Seite findet. Und nehmen wir weiter an, diese Frau hält unserem Künstler, dem zugegebenermaßen da und dort einmal ein Geschäft in die Binsen geht, der ein hohes finanzielles und persönliches Risiko auf sich nimmt, jeden Fehlschlag, jeden Flop jahrelang vor, wohingegen sie seine Erfolge mit einem Achselzucken quittiert. Sie lehnt jede Zusammenarbeit, jedes Miteinander ab, wirft ihm aber gleichzeitig vor, dass er alles allein macht. Sie wirft ihm den Beruf – die Berufung! – vor, lebt aber gleichzeitig davon, und zwar gut, saugt dich aus bis aufs Blut und wirft dir dann vor, dass du dauernd Fehler machst! Nichts, aber auch gar nichts kannst du ihr recht machen! Lauf ich über den See, sagt sie: Pah, du kannst ja nicht mal schwimmen!«

»Warum habe ich nur gerade das Gefühl, dass Sie von meiner Frau reden ...« Das war durchaus ernst gemeint. Mittlerweile konnte Melchior nämlich den Gedankengang – selbstverliebt hin, Arschloch her – sehr gut nachvollziehen.

Ebener lachte herzhaft auf. »Ach? Volltreffer? Wusste ich doch, dass ich nicht allein bin auf der Welt! Gefühle zählen nicht. Idealismus zählt nicht. Liebe zählt nicht. Alles, was zählt, ist: Kann der Mann Kohle machen? Dann ist er ein guter Ehemann! Wedel mit dem Schwanz, braver Hund! Wenn nicht ... So eine Frau, mein Leidensgenosse, ist der größte Feind im eigenen Haus!«

»Früher oder später wird er sie dafür hassen.«

Ein großer letzter Schluck aus dem Cognacglas. Ebener stand auf, ging zum Schrank und holte sich noch einen zweiten. »Na ja; vielleicht nicht gleich hassen, aber er wird sich seinen Teil denken und irgendwann erkennen, dass er wohl einen Fehler gemacht hat, als er sie in sein Leben hat kommen lassen. Ich habe diesen Fehler inzwischen erkannt und korrigiert!«

Nachdem du die Million kassiert hattest, dachte Melchior, ohne eine Miene zu verziehen.

Statt dessen sagte er: »Was wir hier über Frauen sagen, lässt sich natürlich nicht verallgemeinern.«

»Aber ich bitte Sie! Wir meinen natürlich nur ausgesucht selten negative Exemplare dieser Spezies. Alles andere wäre ja ... ein Vorurteil! Wer macht denn so was!«

Jetzt lachten beide. Kerle bei der Arbeit, ja, ja! Nur gut, dass zwei Frauen, wenn sie alleine sind, genau den gleichen Schwachsinn über Männer zu reden pflegen!

»Aber ich sage Ihnen noch etwas anderes«, fuhr Ebener fort. »Egal ob es um Frauen geht oder um Männer: Wenn nur noch die Lügner und Betrüger, die Dealer und Junkies, die Ehebrecher und die Diebe, kurz: die Mistkerle auf dieser Welt das Sagen haben und wenn der anständige Mensch immer nur der Depp ist, dann ist es Zeit, die Fronten zu wechseln – Freiheit, verstehen Sie?«

»Und Freiheit geht nicht ohne Geld.«

»Falsch! Ganz falsch! Freiheit geht sehr wohl ohne Geld! Luxus geht nicht ohne Geld! Diese Havanna geht nicht ohne Geld! Aber frei sein kann ich auch, wenn ich unter einer Brücke liege. Es ist nur nicht so bequem.«

Ebener nahm einen tiefen Zug aus seiner Zigarre und beruhigte sich, während Melchior immer mehr an seinem Jagdeifer zu verzweifeln begann.

»Freiheit heißt, dass ich aufstehe, wann ich will, esse und trinke, wann und was ich will, tue, was ich will, schlafe, mit wem ich will, und dereinst sterbe, wann ich will. Das ist Freiheit! Niemand! Niemand kann mir Vorschriften machen, und wenn er es versucht, beißt er auf Granit, weil ich es nicht zulasse! Erfolg? Drauf gepfiffen, wenn ich ihn mir erschleimen muss! Liebe? Drauf gepfiffen, wenn ich sie mir erbetteln muss! Lieber arm als ein Sklave. Das verstehe ich unter Selbstachtung.«

Eine lange Cognac- und Zigarrenpause. Dann: »Wissen Sie, ich habe schon so viel Mist in meinem Leben erlebt, und so viel Schönes. Am Ende gleicht sich alles aus. Karma vermutlich … Marinus Schildhauer war ein guter Freund und ein noch besserer Partner. Sein Bruder – ach, das wissen Sie ja auch nicht? Sein Bruder Manfred, der in den USA gelebt hat, hat – wann war das? – im August plötzlich hier vor der Tür gestanden und hat mir ein Angebot gemacht. Ich musste es natürlich annehmen, schon wegen Marinus. Aber das Beste daran ist: Der Mann ist klasse. Und er hat

Beziehungen in die Staaten. Wir werden noch gewaltig für Furore sorgen. Also, was ich sagen wollte: Sein Bruder wirft mir den Tod von Marinus nicht vor und ist an seine Stelle getreten. Strike! Meine Frau war nicht das Geringste wert. Eine bessere ist an ihre Stelle getreten, eine, die mich versteht und die zu mir hält. Strike! Die Firma wirft in diesem Quartal zum allerersten Mal seit Jahren wieder Gewinn ab, und zwar satt! Strike!«

»Den seinen gibt's der Herr im Schlafe…«

»Sollten Sie dasselbe Problem haben wie ich – machen Sie es wie ich! Mehr sage ich nicht dazu. Schmeißen Sie alles weg! Lieben Sie Ihren Beruf? Ja? Seh ich Ihnen doch an! Dann behalten Sie den, aber den Rest: Mülleimer!«

»Wenn Sie meine Ehe meinen und dass ich mich von meiner Frau trennen sollte«, merkte Melchior an. »Ich schätze, den Schnitt habe ich schon hinter mir. Bin nur noch nicht ganz darüber hinweg …«

So war es in der Tat.

8.

Er war skeptisch. Hans Schweingruber, Kriminalkommissaranwärter mit nachgeholtem Abitur, war skeptisch. Nicht, dass es solche Skepsis zuvor nie gegeben hätte. Skepsis ist normal für einen Ermittler, aber Skepsis gegenüber seinem Chef, seinem Freund CBM, dem coolsten, fähigsten, größten Ermittler aller Ermittler des äußersten Südens der Republik – wann hatte es das zuletzt gegeben?

Nicht, seitdem Moses das Meer geteilt hatte – wobei Schweingruber durchaus daran zweifelte, dass das wirklich so abgelaufen war, wie es berichtet wurde!

Kurz gesagt: Kommissaranwärter Schweingruber glaubte nicht, dass der Musikproduzenten Ralf Ebener als Mörder von Michaela Griese in Frage kam und schon gar nicht als Mörder von Marinus Schildhauer. Warum? Weil er eben nicht daran glaubte, darum! Seiner Ansicht nach verrannte sich sein Chef da in eine Richtung, nur, weil er gern gehabt hätte, dass es eine richtige Richtung gab. Sagen wir so: Es gibt Menschen, die hängen ihr Fähnchen in den Wind. Und dann gibt es Menschen, die blasen den Wind in die Richtung, in der ihr Fähnchen hängt.

Noch nicht verstanden? Melchior wünschte sich aus persönlichen Gründen – Schweingruber konnte ihn ehrlich verstehen – so sehr einen richtigen schönen, perfekten Mord, den er dann mit Glanz und Gloria aufklären konnte, dass er den nächstbesten Mörder aus dem Hut zauberte, den er finden konnte, nur damit überhaupt ein Mord existierte. Und er übersah dabei das Offensichtliche. Denn Michaela Griese war nicht dem perfekten Mord zum Opfer gefallen. Sie war rücklings gegen etwas geflogen, das widerstandsfähiger gewesen war als ihr Genick, frei nach Asterix: mein Pilum ist solider als Euer Sternum!

Das war kein perfekter Mord, das war vermutlich noch nicht einmal ein Mord! Das konnte sogar nur ein Unfall mit Todesfolge gewesen sein!

Klar, das war Theorie, wirklich bloß Theorie, kein Dogma! Eine Theorie, Copyright by Hans Schweingruber: Mann, älter und verheiratet, hat Verhältnis mit Michaela, jung und unverheiratet, gemütlichen Sex inbegriffen, all inclusive, alles rosa (bääää̈h!). Michaela knickt auf hohen Absätzen um, dabei Aktion sternum, bzw. was immer Genick auf lateinisch heißt. Mann, verheiratet, bekommt Panik und entledigt sich auf höchst unerquickliche Art und Weise der Leiche, weil er sonst Ärger bekommt, und er will keinen Ärger! Danach versucht er, noch größerem Ärger zu entgehen, weil eindeutige Filme von nicht jugendfreier Betätigung existieren.

Das glaubt Hans Schweingruber, Kriminalassistent. Und wenn er damit zu Melchior geht, reißt der ihm den Kopf ab, weil er mächtig schlechte Laune hat. Das glaubt Hans Schweingruber auch. Denn Chef ist nun mal Chef, und Assi ist Assi. Also, was kann der Assi tun? Er kann seinen Job machen, nur ein wenig anders als ausgemacht – will sagen, er kann ermitteln, nach Anweisung ermitteln und doch … konträr ermitteln. Hörte sich gut an, tat keinem weh, musste doch erlaubt sein.

Konträr will sagen: Der Chef ermittelt in Richtung perfekter Mord, weil er auf den perfekten Mord fixiert ist. Der Assi ermittelt in Richtung Beweis für Totschlag, Unfall, Panik, Wahnsinn.

Und so gelang es Hans Schweingruber, noch in der Wohnung Grieses die Kollegen von der Spurensicherung abzufangen und sie zu einem weiteren Einsatz zu schicken.

Natürlich erledigte Schweingruber sofort nach der Mittagspause die Arbeit am Computer und am Telefon, und zwar so gewissenhaft wie immer. Die Daten über die Produktionsfirma Ebener & Schildhauer übermittelte er Melchior noch vor dessen Abfahrt. Der hatte sich zu diesem Zeitpunkt den schwersten aller Jobs aufgebürdet: die Benachrichtigung der Eltern. Schwamm drüber, sowas ist nie ein guter Job!

Das Night Fever hatte in der Tat Ruhetag. Schweingruber konnte niemanden ausfindig machen, der in dem Laden das Sagen hätte, geschweige denn einen Türsteher. Besitzer gab es zwar, die wurden auch angerufen, waren aber in Urlaub. Recht so, bei dem Wetter wär jeder gern auf den Seychellen. Morgen ist auch noch ein Tag!

Dann aber kam Schweingruber auf eine gute Idee. Er recherchierte, ob auf den Namen Griese ein Auto zugelassen war. Natürlich hätte man am Vormittag auch die zwei Mädchen danach fragen können, aber man hatte es schlicht vergessen. Macht nichts, weiter geht's!

Auf den Namen Michaela Griese war zwar kein Wagen zugelassen, wohl aber zwei auf den Namen des Vaters. Schweingruber unterstellte, dass man auf diese Weise an der Versicherungsprämie sparen wollte – Schadensfreiheitsrabatt und so. Egal, einer der beiden Wagen wurde vermutlich von Michaela genutzt. Er notierte sich beide Nummern, bevor er zu Michaelas Wohnung fuhr. Autos mit Bochumer Kennzeichen – davon, so vermutete er stark, gab es nicht so viele in Rosenheim. So etwas sollte man finden können.

Die Suche erwies sich als noch leichter, als er geglaubt hatte, denn das Gebäude, obschon nicht besonders groß, hatte ein kleines Parkgeschoss im Keller. Nachdem sich Schweingruber mit Hilfe des Hausmeisters Zutritt verschafft hatte, brauchte er nicht einmal eine Minute, um eines der beiden registrierten Autos zu finden. Es handelte sich um einen Toyota Auris in Pink. Nett! Pink war zumindest nicht rosa. Immerhin musste es sich um eine Sonderlackierung handeln, die nicht ganz billig war. Kein Massenhersteller hat Pink in der Farbpalette.

Dabei schoss ihm sofort ein Gedanke durch den Kopf: Wenn das Auto hier stand – womit oder mit wem war dann Michaela am Samstagabend unterwegs gewesen? Keinesfalls konnte sie den auffallenden Auris selbst zurück in die Tiefgarage gefahren haben, weil sie zu dieser Zeit bereits ziemlich tot war. Vielleicht hatte das Auto aber auch den ganzen Samstag über hier gestanden. Das wäre schlecht. Denn dann wäre es für die Spurensicherung unergiebig.

Also tat er das Naheliegende und Richtige in Sachen Ermittlung. Schon wieder ein guter Gedanke! Er ging – der Aufzug streikte immer noch – in den fünften Stock, um dort die schon mehrfach erwähnten Kollegen von der Spurensicherung zu treffen.

Oy! Fehler! Als er auf der letzten Treppe stand, fiel ihm auf, dass er die Kollegen ja nur hätte anrufen müssen. Besser Handy als sechs Treppen. Schlag ins Ego!

Alois Heigl war ein altgedienter Beamter und hatte schon bei der Polizei gearbeitet, als Schweingruber gerade in den Kindergarten gekommen war. Normalerweise war er durch nichts zu erschüttern, nicht einmal durch quadratmetergroße Blutlachen. Er war gemütlich und langsam, und was er an Haaren verlor, nahm er an Bauch zu.

Er hatte unlängst eine Kollegin zugeteilt bekommen, die noch relativ frisch im Geschäft war, sogar noch frischer als Schweingruber. Ja, sehr gut, dass ich nicht mehr das letzte Glied in der Nahrungskette bin, hatte sich der gedacht, als die Kollegin mit Namen Michaela Grzyb angefangen hatte. Wegen des Knotens in der Zunge, der sich beim Aussprechen ihres Namens unweigerlich bildete, wurde sie von allen nur »die Michi« genannt. Trotz ihrer Jugend hatte sie sich als sehr robust sowie geradezu pedantisch erwiesen. Außerdem war sie flinker als Heigl, in jeder Beziehung.

Es gibt ja das Vorurteil, dass Frauen in Männerdomänen männlicher arbeiteten als Männer. Schweingruber interessierte das herzlich wenig. Hauptsache, die beiden lieferten gute Vorlagen, die man verwandeln konnte.

»Hallo«, sagte Schweingruber nur. Mit Heigl konnte man nicht blödeln. Bis der eine Pointe kapierte, war sie schon veraltet. Mit Michi ging das schon eher, aber nur ganz vorsichtig. Denn sie hätte das als Interesse an ihrer Person fehlinterpretieren können. Aber wenn eine Frau aussieht wie ein Model, wird sie Model und nicht Polizistin. Also Begrüßung nach Vorschrift.

Die Kollegen grüßten zurück und erstatteten Bericht: Nichts gehört, nichts gesehen, alle Proben eingesammelt, Fingerabdrücke genommen. Problem bei Fingerabdrücken am PC ... Schweingruber wechselte rasch das Thema. Heigl erwähnte nebenbei etwas von einem rosa Kondom, und Schweingruber meinte nur: »Ist nicht wahr?«

DNA gab's jedenfalls im Überfluss, Fingerabdrücke haufenweise. Also normales Prozedere: alles in die Müllverarbeitungsanlage. »Ja, Herr Heigl, damit meine ich ins Labor!« Michi kicherte und sah dabei recht niedlich aus. Vielleicht sollte man doch mal ein Bierchen mit ihr trinken gehen. Sie war zwar kein Model, aber gemessen an den sonstigen Polizistinnen doch recht hübsch.

»Und jetzt gehen wir noch miteinander in den Keller«, eröffnete Schweingruber den beiden. »Hat jemand hier einen Autoschlüssel gefunden?« Negativ, natürlich! »Kann jemand ein Auto knacken?«

Heigl meinte nur. »Wenn's sonst nichts ist ...« Er machte meistens nicht viele Worte, der Kollege.

Allgemeiner Aufbruch. Halt! Noch schnell die Festplatte ausbauen und auch ins Labor. Da gab es so einen Spezialisten, dem hätte Schweingruber wirklich gern einiges abgekupfert. Was der drauf hatte in Sachen PC! Vielleicht sollte er doch einmal einen Fortbildungskurs in Sachen Computer machen. Wenn schon der Chef in dieser Hinsicht eine Doppelnull war, konnte das Licht des Assistenten nur umso heller strahlen! Also war er doch nicht umsonst in den fünften Stock gegangen.

Es kostete den Kollegen Heigl einen Blick, einen Griff in seine Tasche, zwanzig Sekunden fummeln, dann war das Auto auf. Schweingruber wollte ihn noch darauf aufmerksam machen, dass er, falls er einmal pensioniert werden würde, ein einträgliches Geschäft für ihn wüsste, unterließ es aber und klopfte ihm nur kräftig auf die Schulter. Denn das verstand der Kollege.

So, die Fahrertür war auf. Handschuhe an – ja, Schweingruber war lernfähig – und dann den kleinen Hebel suchen für die Heckklappe. Gefunden, gedrückt, die Heckklappe sprang auf, Kollegin Michi öffnete sie ganz und sagte nur:

»Oh!«

Kollege Heigl trat hinzu und knurrte lapidar: »Na, der hat sich aber nicht viel Mühe gemacht.«

Kollege Schweingruber trat ebenfalls hinzu und meinte nur: »Bingo!«

Der Blutfleck auf dem Boden des Kofferraums war auch ohne Lampe mit bloßem Auge zu erkennen. Schon mit ein klein wenig Licht waren auch etliche Haare zu erkennen – rot. Wenigstens nicht rosa. In der Ecke lag eine Jacke, zusammengeknüllt, und eine Handtasche, offen und leer. Mit anderen Worten: alles, was der Toten so gefehlt hatte.

Heigl kommentierte kurz, präzise und trocken: »Das war ein Profi! Meine Herren!«

Schweingruber stutzte kurz, begriff dann aber, dass Heigl das ironisch gemeint hatte. Beachtlich!

»Kollegen, viel Spaß bei der Arbeit«, meinte er und wandte sich zum Gehen. Im Geist klopfte er sich selbst auf die Schulter. Falls man nicht gelobt wird, muss man sich eben manchmal selbst loben.

Es war klar, dass die Leiche Grieses mit diesem ihrem eigenen Auto vom Ort ihres Todes zum Ort ihrer Auffindung transportiert worden war. Natürlich musste das alles noch untersucht werden, das Blut und die Haare – aber kein Mensch konnte erwarten, dass dabei etwas anderes herauskommen würde.

Zweitens: Das Auto befand sich hier, in der Tiefgarage ihrer Wohnung, aus welchem Grund auch immer. Möglich, sogar wahrscheinlich war, dass der Täter Grieses Auto hierher gefahren hatte, um in die Wohnung zu kommen, die er ja unstrittig untersucht hatte. Wieso aber hat er das Auto hinterher nicht weggefahren? Antwort: keine Ahnung! Wie war er dann von hier weggekommen, zum Beispiel zu einem Bauernhof oberhalb von Achenmühle? Antwort: Keine Ahnung!

Ein wenig enttäuscht war Schweingruber schon, dass der Täter offenbar nicht einmal versucht hatte, den Blutfleck zu beseitigen. Welch ein Stümper! Schließlich wollte man ja all die neuen Techniken wie bei CSI anwenden können, um einen sauber beseitigten Blutfleck doch wieder sichtbar zu machen. So macht das keinen Spaß! Dicker Minuspunkt für den Täter. Schäm dich!

Ergebnis: Dieser Täter konnte nur in Panik gehandelt haben. Nichts war's mit dem perfekten Mord, den sich Melchior so sehr wünschte. Quod erat demonstrandum!

Hans Schweingruber war stolz auf sich. Wer Michaela Griese aber nun tatsächlich getötet hatte, wusste er allerdings auch nicht.

9.

Melchior war ehrlich verwirrt. Je länger er dem anderen zugehört hatte, desto mehr gab er ihm in einzelnen Punkten recht. Natürlich war der nette Herr von einem anderen Planeten, schon klar! Aber was Ebener über die Endphase seiner Ehe berichtet hatte, dass er nichts mehr recht machen konnte, dass seine Frau seinen Beruf – seine Berufung – in den Dreck gezogen hatte … verdammt noch mal, das kam Melchior nicht nur bekannt vor. Das genau war sein Problem gewesen. Als ob ein Polizist ein Untermensch wäre, so war er sich vorgekommen! Darunter hatte er jahrelang gelitten, und deshalb war er auch lieber in seinem Büro als zu Hause gewesen.

Immerhin brachte Melchior genügend Objektivität auf, um zu erkennen, dass dazu immer zwei Seiten gehören und dass seine Frau sicher auch das eine oder andere zu Recht an ihm kritisiert hatte. Wenn man nur bedachte, dass sie sich über die Jahre immer mehr in Sachen Mode engagiert hatte. Von einem Halbtagsjob in einer Boutique aus hatte sich das über fünf, sechs Jahre dahin entwickelt, dass sie jetzt ihr eigenes Geschäft aufmachen wollte. Natürlich in München, in Rosenheim wäre das nur rausgeworfenes Geld, meinte sie. Woher sie das Geld für einen eigenen Laden hatte? Tja, sie hatte nun mal dafür gearbeitet. Und wovon hatte sie in dieser Zeit, in der sie all das Geld verdient hatte, gelebt? Nicht von ihrem selbst verdienten Geld.

Also Mode, ja? Eine Frau, modebewusst, modern, chic. Und nun betrachten wir mal Caspar Balthasar Melchior, den Ehemann: Eigenbrötler, lonely wolf, unfähig zur Teamarbeit – es hatte nicht gut gehen können! Man hatte sich Lichtjahre voneinander entfernt, und im Gegensatz zu Ebener wollte Melchior plötzlich seiner Frau gar keine Vorwürfe mehr machen, weil beide Seiten ihren Teil dazu beigetragen hatten. Punkt. Ende der Debatte. Dazugelernt ist dazugelernt! Erkenntnis ist der erste Weg …

Was Ebener zum Thema Freiheit gesagt hatte, darüber wollte Melchior gründlich nachdenken. Das hatte er sich vorgenommen. Aber Ebeners Freiheit war nicht seine Freiheit, das war klar. Er hatte gern ein geregeltes Leben, wusste, wann er aufzustehen hatte, nahm auch gern in Kauf, dass man als Polizist mitunter äußerst flexible Arbeitszeiten hatte, ordnete sich dem auch bereitwillig unter. Aber sein Leben würde sich ja jetzt ändern, und da konnte es nichts schaden, wenn er über die neue Situation, die neue Freiheit, die er von nun an hatte, ob er wollte oder nicht, einmal nachdenken würde.

Während also Ebener voller Genuss an seiner Zigarre zog, entstand plötzlich eine minutenlange Pause, in der beide ihren Gedanken nachhingen. Melchior zwang sich, wieder zu seinem aktuellen Problem zurückzukehren. Er war hierher gekommen, um einen Mörder zu überführen, und er war weiter davon entfernt als je zuvor, wann immer er seine Beute im Visier gehabt hatte. Egal, welche komischen Gedankengebilde Ebener da gesponnen hatte, nachvollziehbar oder einfach nur zum Gruseln – so redete kein Mörder! Andererseits: Was hatte er gesagt? Dann wird es Zeit, die Fronten zu wechseln. War das ein Geständnis? Und wenn ja, welche Sorte Geständnis? Die Sorte: ich weiß, was ich getan habe. Ich bereue es nicht, und ich weiß, dass du mich nicht kriegen wirst?

Melchior brach das Schweigen als Erster. »Erzählen Sie mir etwas über Manfred Schildhauer. Das ist mir neu.«

Ebener musste schmunzeln. »Was glauben Sie erst, was ich gedacht habe. Ich wusste gar nicht, dass Marinus einen Bruder hatte – also einen Halbbruder. Aus erster Ehe. Er ist drei oder vier Jahre älter als Marinus. Er muss wohl zusammen mit seinem Vater in die Staaten gegangen sein, als dieser sich von seiner zweiten Frau trennte. Das war so vor fünfzehn Jahren. Man hat ihn wohl irgendwie – Jugendamt oder Amtsgericht, von mir aus auch Amnesty International – ausfindig gemacht und vom Tod seines Bruders unterrichtet. Also hat er mal eben die Koffer gepackt und ist heim ins Reich … Dann hat er von mir erfahren, dass sein Bruder und ich zusammen gearbeitet haben, ja, und da hat er nicht lang gezögert. Er versteht was von der Materie, war in den Staaten Manager eines Radiosenders, stellen Sie sich das vor! Der Platz war frei. Er hat sich angeboten, ich habe ihn mit Freuden genommen – und jetzt macht er einen super Job!«

»Zufälle gibt es. So was! Wie das Leben so spielt! Wo wohnt er denn zur Zeit?«

»Na, hier im Bauernhof. Ist ja genügend Platz. Er sucht noch nach einem passenden Haus. Er will was Ausgefallenes, braucht aber erst die Kohle dafür. Außerdem hat er ja noch eine Wohnung in San Diego. Die will er erst verkaufen, und dann … Heute ist er in Hamburg, Promotion, die Neue, Sie wissen schon, meine Freundin. Die hat er unter seinen Fittichen, weil ich befangen wäre, hat er gemeint, und wahrscheinlich hat er auch recht damit.«

»Ja, prima, dann läuft ja alles wie geschmiert. Gratuliere. Wie gesagt, das war alles, was ich wollte. Ich hätte die Akte gern vom Tisch.«

Ebener reagierte völlig verständnislos. »Wieso haben Sie die denn noch auf dem Tisch? Der Tod von Marinus ist amtlich, die Versicherung hat gezahlt, was fehlt denn noch?«

»Na ja, die Bürokratie. Wenn eine Leiche nie gefunden wurde, heißt das für die Polizei, dass der Fall eben immer noch nicht abgeschlossen ist. Ist nur eine Formalität, aber wir müssten halt sicher sein, und das sind wir nicht. Sehen Sie, gerade jetzt ... Ich habe da noch etwas auf dem Herzen, das nur ganz weitläufig etwas mit dem Unfall zu tun hat, aber immerhin ...«

So, jetzt werden wir sehen, dachte Melchior. Jetzt oder nie. Er zog aus seiner Jackentasche ein Bild von Michaela Griese und reichte es über den Tisch.

»Kennen Sie diese Frau? Nehmen Sie das Foto in die Hand und schauen Sie es sich in aller Ruhe an.«

Ebener nahm das Bild, wobei er – und das war nebenbei der Sinn der Sache – seine Fingerabdrücke hinterließ. Er sah sich das Bild genau und lange an, und Melchior sah ihn genau und lange an, und wenn dies ein Comic wäre, dann wäre in diesem Moment eine große Blase über Melchiors Kopf entstanden und explodiert.

»Nie gesehen. Wer ist das?«, fragte Ebener.

Und Melchior wusste, dass Ebener nicht log. Verdammt, wenn er etwas wusste, dann dass Ebener nicht log! Er hatte das Mädchen tatsächlich nie in seinem Leben gesehen – oder er, Melchior, war reif für die Pensionierung! Entweder war alles vorbei, oder Ebener war der abgefeimteste, raffinierteste Schauspieler, Lügner und Mörder aller Zeiten. Nein, das war er nicht, soviel wusste Melchior aus dem Gespräch vorher.

Aua! Falsches Pferd! Jagd abblasen!

Ebener gab Melchior das Bild zurück.

»Kennen Sie sie wirklich nicht? Das Mädchen heißt Michaela Griese.«

Wieder ein Flop, denn Ebener sagte völlig ahnungslos: »Nein. Nie gehört, nie gesehen. Warum fragen Sie?«

»Weil sie während des Unfalls am Bootssteg war.«

Okay, wenigstens etwas! Jetzt, jetzt gab es eine Reaktion bei Ebener. Nur ein kurzes Zucken um die Augen, nur ein Moment der Unsicherheit, aber das reichte Melchior. Da war etwas!

»Ach, wirklich?«

Melchior nickte, wenigstens ein bisschen zufrieden. »Und weil sie ein Hobby hatte: Sie filmte ständig alles und jeden.«

Die Antwort kam noch ein bisschen nervöser: »Hatte?«

Und Melchior war noch ein bisschen versöhnter mit der Welt: »Ja, das ist der dritte Grund, warum ich frage: Sie ist tot. Bedauerlicherweise. Übrigens nicht ganz freiwillig …«

Ebener schluckte – offensichtlich mit trockenem Mund. »Das … tut mir leid.«

Melchior spürte, wie er wieder Oberwasser bekam: »Ja, und ihr erst. Na ja, sie hat wohl, davon gehen wir aus, damals am Bootssteg den Unfall gefilmt …«

Jetzt war es ganz aus mit der Selbstbeherrschung. Ebener rutschte unruhig auf der Couch herum und konnte nicht einmal mehr etwas sagen. Noch eine linke Gerade, und du hast ihn, dachte Melchior.

»Und was daran so seltsam ist: Sie ist mir wohl damals aus dem Weg gegangen. Jedenfalls hat sie uns die Aufnahmen nicht zur Verfügung gestellt …«

»Ich verstehe immer noch nicht.«

»… und jetzt würde mich interessieren, ob und, wenn ja, inwieweit diese beiden Umstände, der Unfall am Chiemsee und der Tod dieser jungen Frau, zusammenhängen. Verstehen Sie mich jetzt?«

Gedehnt antwortete Ebener: »Ich wüsste nicht, wie ich Ihnen da helfen könnte. Vermutlich ist das alles ja nichts als ein Zufall.«

»Ja, vermutlich. Dennoch: Sie wissen ja, wie das ist. Es gibt Zufälle, die bringen einen zum Nachdenken. Wo waren Sie übrigens gestern Morgen, also in der Nacht von Samstag auf Sonntag um zwei Uhr?«

»Äh – das ist jetzt aber nicht Ihr Ernst, oder?« Ebener war sichtlich schockiert.

»Beantworten Sie bitte meine Frage!« Der Ton wurde schärfer. Dienst nach Vorschrift!

»Nein, bitte! Ich habe geschlafen!« Und mit leicht gehässigem Ton fuhr Ebener fort: »Im Schlafwagenabteil des Zuges nach Berlin! Ich bin in München Hauptbahnhof um ein Uhr und zwanzig Minuten zugestiegen, bin sofort in den Schlafwagen gegangen und habe geschlafen, bis ich irgendwo in Brandenburg kurz vor Berlin vom Bahnpersonal geweckt wurde. Das mache ich immer so – in der Nacht fahren. Dann hat man den ganzen Tag zur Verfügung und ist trotzdem relativ fit. Reicht Ihnen das?«

War klar! Es war so klar!

»Entschuldigen Sie, aber ich musste das fragen«, setzte Melchior hinzu.

Es entstand eine peinliche Pause. Ebener würde jetzt keinen Ton mehr sagen, das spürte Melchior. Der war schwer beleidigt. Aber Melchior glaubte auch zu erkennen, dass er erleichtert war, weil er ihn nicht gleich verhaftet hatte.

»Ja dann, wenn Sie mir nicht weiterhelfen können, hat es wenig Sinn, Sie länger aufzuhalten. Viel Erfolg weiterhin und: Man sieht sich!«

Ebener atmete erkennbar auf. »Jederzeit. Wenn Sie Rat brauchen oder einen anderen Beruf suchen, meine Wenigkeit steht Ihnen immer zur Verfügung.«

Holla! Das war spitz, ziemlich spitz sogar! Melchior reichte ihm dennoch die Hand. »Ich komme darauf zurück. Verlassen Sie sich darauf. Aber nicht mit einem neuen Beruf, dazu mache ich den meinen zu gerne und zu gut.« Das sollte er getrost als Drohung auffassen. »Meistens«, fügte er noch hinzu. Soviel Ehrlichkeit musste sein.

Beim Hinausgehen drehte sich Melchior noch einmal um. Das war ein alter Trick von Inspector Columbo. Man lernt, wo man kann. Auch bei der Konkurrenz!

»Ach ja, da wär noch etwas, das ich gerne sagen würde. Ein weiser Spruch zum Nachdenken vor dem Einschlafen: Der Fuchs ist gar nicht so schlau, wie er denkt. Eigentlich ist es eher so, dass die Hühner so dumm sind. Auf Wiedersehen.«

Melchior konnte nicht sehen, was für ein Gesicht Ebener machte, als die Tür hinter ihm ins Schloss gefallen war. Aber er konnte es sich ausmalen!

Okay, abhaken. Das war nichts. Gar nichts! Melchior ging, ohne in die lauernde Schlammpfütze zu treten, langsam, den Kopf gesenkt, zu seinem Auto. Nein, Ebener hatte Griese nicht getötet. Aber an dem Unfall war etwas faul, da war er sich zu hundert Prozent sicher!

Melchior setzte sich in seinen Koreaner und holte sein Handy heraus. »Hans? Hey, Mann, what's up? – Okay! Wart, wart, wart, nicht so hastig, und ohne – also sag es so, dass ich es verstehen kann!«

Schweingruber informierte ihn ausführlich und mit hörbarer Begeisterung über seinen gerade gemachten Fund in der Parkgarage und die daraus resultierenden Schlüsse.

»Ja! Ja, ich habe verstanden. Hör kurz zu, bitte! Stopp! So leid es mir jetzt persönlich für dich tut: Auf den Trichter bin ich schon selbst gekommen ... Ja, trotzdem Gutzetterl. Aber ich weiß selbst, dass es Ebener nicht gewesen sein kann. Komm, nicht enttäuscht sein. Du kannst ja nichts dafür, dass ich Blödsinn mache! Alles wieder gut, nicht weinen ... Okay, gut. Wir machen einen Haken drunter und fangen von vorne an ... Ich hab noch einen Zusatzjob für dich: Alle Informationen über Manfred Schildhauer einholen, den Bruder des Verblichenen. Ja, du hörst richtig, Manfred wie Mann und Fred – nein, ich wusste auch nichts von ihm. Pass auf! Bisher wohnhaft in San Diego, California … Genau, dem Heim der legendären San Diego Chargers. Such alles heraus, was du finden kannst. Ich? Ich fahr nach Übersee. Nein, nicht nach Amerika, du Dödel! Übersee am Chiemsee … Nein, nicht zum Baden, Mann! Hör zu: Ich schätze, das wird heute nichts mehr, und bis die Ergebnisse aus dem Labor da sind, werden wir auch nicht mehr schlauer. Ich muss auch noch eine Wohnung anschauen. Machen wir es so: Einsatzbesprechung morgen früh neun Uhr mit allen, die was zu sagen haben, und allen Ergebnissen, die vorliegen. Mach den Kollegen im Labor ein wenig Dampf, die können ruhig auch mal bis um acht Uhr arbeiten … Nein, acht Uhr abends, natürlich! … Okay? Alles klar. Dann bis morgen. Sollte noch was sein, melde ich mich.«

Melchior steckte das Handy weg und startete den Wagen. Er grinste kurz. Hatte Schweingruber doch glatt selbstständig ermittelt und etwas herausgefunden, das er übersehen hatte. Okay. Er wusste, was falsch gelaufen war. Aber es war immer noch Zeit, das zu korrigieren.

Der Chiemsee lag in der tief stehenden Sonne und glitzerte, dass man im Gegenlicht eine Sonnenbrille gebraucht hätte, um etwas zu sehen. Melchior stand, wie es schien, allein

8.

Er war skeptisch. Hans Schweingruber, Kriminalkommissaranwärter mit nachgeholtem Abitur, war skeptisch. Nicht, dass es solche Skepsis zuvor nie gegeben hätte. Skepsis ist normal für einen Ermittler, aber Skepsis gegenüber seinem Chef, seinem Freund CBM, dem coolsten, fähigsten, größten Ermittler aller Ermittler des äußersten Südens der Republik – wann hatte es das zuletzt gegeben?

Nicht, seitdem Moses das Meer geteilt hatte – wobei Schweingruber durchaus daran zweifelte, dass das wirklich so abgelaufen war, wie es berichtet wurde!

Kurz gesagt: Kommissaranwärter Schweingruber glaubte nicht, dass der Musikproduzenten Ralf Ebener als Mörder von Michaela Griese in Frage kam und schon gar nicht als Mörder von Marinus Schildhauer. Warum? Weil er eben nicht daran glaubte, darum! Seiner Ansicht nach verrannte sich sein Chef da in eine Richtung, nur, weil er gern gehabt hätte, dass es eine richtige Richtung gab. Sagen wir so: Es gibt Menschen, die hängen ihr Fähnchen in den Wind. Und dann gibt es Menschen, die blasen den Wind in die Richtung, in der ihr Fähnchen hängt.

Noch nicht verstanden? Melchior wünschte sich aus persönlichen Gründen – Schweingruber konnte ihn ehrlich verstehen – so sehr einen richtigen schönen, perfekten Mord, den er dann mit Glanz und Gloria aufklären konnte, dass er den nächstbesten Mörder aus dem Hut zauberte, den er finden konnte, nur damit überhaupt ein Mord existierte. Und er übersah dabei das Offensichtliche. Denn Michaela Griese war nicht dem perfekten Mord zum Opfer

Aber was war mit dem Unfall? Melchior ging über die Steine am Ufer. Der Chiemsee hatte leichten Wellengang, ein paar Möwen, die hier überall waren, flogen vorbei. Und eine Ente, die, so sah es aus, noch einsamer war als Melchior, stoppte, um zu sehen, ob der komische Typ am Ufer vielleicht etwas zu fressen für sie hatte. Hatte er nicht, nur seine Zigarette. Es war die letzte in der Packung, und Melchior schwor sich, keine weitere mehr zu kaufen. Das musste auch ohne technische Hilfsmittel gehen!

Melchior hatte jetzt den Bootssteg erreicht. »Da hat sie gestanden«, murmelte er. »Genau hier. Nimmt die Kamera, filmt das Segelboot. So ungefähr. Was hast du gesehen, Mädchen? Was kannst du überhaupt gesehen haben? Du hast doch was gesehen, Mädchen. Sag mir, was!«

Er nahm einen letzten Zug, inhalierte tief, und in Verbindung mit der kalten Luft musste er prompt husten. Immerhin ließ er sich dieses Mal nicht überraschen, wie schon zweimal an diesem Tag. Er hörte die Schritte auf den Steinen hinter sich und drehte sich um.

»Reden Sie mit jemand Bestimmtem?«

Er kannte den Mann, wusste aber nicht gleich, mit wem er es zu tun hatte.

»Ach, Sie sind das, Herr Kommissar! Ich dachte schon, hier will einer König Ludwig spielen.«

Melchior lachte kurz auf. »Gutes Gedächtnis, was? Sie erinnern sich noch an mich?«

»Aber klar. Wir haben uns im Mai getroffen, bei dem Unfall. Sie haben doch die Ermittlungen geleitet.«

Melchior nickte grimmig. »Stimmt! Aber scheinbar nicht gut genug.«

Der andere stand jetzt direkt vor ihm: klein, untersetzt, Halbglatze. Melchior kam nicht auf den Namen.

»Na? Gibt's etwa Probleme?«

»Das kann man wohl sagen! Vielleicht können Sie mir

auf hohen Absätzen um, dabei Aktion sternum, bzw. was immer Genick auf lateinisch heißt. Mann, verheiratet, bekommt Panik und entledigt sich auf höchst unerquickliche Art und Weise der Leiche, weil er sonst Ärger bekommt, und er will keinen Ärger! Danach versucht er, noch größerem Ärger zu entgehen, weil eindeutige Filme von nicht jugendfreier Betätigung existieren.

Das glaubt Hans Schweingruber, Kriminalassistent. Und wenn er damit zu Melchior geht, reißt der ihm den Kopf ab, weil er mächtig schlechte Laune hat. Das glaubt Hans Schweingruber auch. Denn Chef ist nun mal Chef, und Assi ist Assi. Also, was kann der Assi tun? Er kann seinen Job machen, nur ein wenig anders als ausgemacht – will sagen, er kann ermitteln, nach Anweisung ermitteln und doch ... konträr ermitteln. Hörte sich gut an, tat keinem weh, musste doch erlaubt sein.

Konträr will sagen: Der Chef ermittelt in Richtung perfekter Mord, weil er auf den perfekten Mord fixiert ist. Der Assi ermittelt in Richtung Beweis für Totschlag, Unfall, Panik, Wahnsinn.

Und so gelang es Hans Schweingruber, noch in der Wohnung Grieses die Kollegen von der Spurensicherung abzufangen und sie zu einem weiteren Einsatz zu schicken.

helfen. Hier, genau da, wo ich jetzt stehe, stand damals ein junges Mädchen, Anfang zwanzig, rote Haare, rotes T-Shirt…«

»Ja, sicher. Ich weiß schon, die mit der Kamera, die sich dann gleich verdrückt hat. Wir haben alle darüber gesprochen. Komisches Verhalten! Was ist mit ihr?«

»Sie ist tot.«

Der andere riss die Augen weit auf. »Ach? Da schau her! Tot? Ja, manchmal geht's schneller, als man denkt. Und was hat das jetzt mit dem Bootsunfall zu tun?«

»Das weiß ich eben nicht. Und das macht mich ganz krank. Sagen Sie, Herr …? Entschuldigen Sie, ich komme nicht auf Ihren Namen.«

»Staub. Ludwig Staub. Mir gehört die König-Ludwig-Gedächtnis-Imbissbude da drüben.«

Jetzt erinnerte sich Melchior. Herrenchiemsee hin, Herrenchiemsee her: Das Monopol auf den »Kini« hatte seiner Meinung nach der Starnberger See, so sah er es jedenfalls als gebürtiger Münchner.

»Ja, richtig«, lächelte er. »Jetzt weiß ich es wieder. Sie sind dieser Monarchist. Sie wollen die Monarchie wieder einführen, gell?«

Fehler. Groß viel Fehler, wie Schweingruber sagen würde. Denn damit trat Melchior eine Lawine los.

»Na, und?«, ereiferte sich Staub sofort. »Ist was falsch dran? Die Politiker von heute machen eh nur alles falsch. Ein König könnt' es nur besser machen …«

Melchior startete einen letzten Versuch, das Unheil abzuwenden. »Da haben Sie nicht unrecht … Zum Unfall …«

Verloren!

»Außerdem geht es uns ja nicht bloß um die Wiedereinführung der Monarchie! Die Ziele sind viel größer! Bayern hat zweimal die Chance verpasst, das alte Reich wiederherzustellen! Es muss einen Weg geben, gerade in einem vereinten Europa, dass man diese Möglichkeit neu überdenkt!«

Oh je. »Das alte Reich?«

»Natürlich. Nachdem die Ungarn vertrieben worden waren, rückten bayerische Siedler entlang der Donau bis in das heutige Burgenland nach und besiedelten es. 1139 fiel dann das Herzogtum Bayern an die Babenberger. Der Untergang Bayerns begann, als Kaiser Friedrich I. Bayern an die Welfen zurückgab und 1156 Österreich zum selbstständigen Herzogtum machte. Seitdem ist das Westreich vom Ostreich getrennt! Dies ist die Schande Bayern!«

O Gott, lass das nicht wahr sein!

»Sowohl nach dem Ersten Weltkrieg als auch nach dem Zweiten hatte Bayern zweimal – zweimal! – die Chance, friedlich und in freier Selbstbestimmung das alte Bayerische Reich wieder auferstehen zu lassen. Doch beide Male siegten die Feinde der Monarchie. Besonders das, was 1949 passiert ist, ist einfach nur unglaublich. Bayern hatte von den Alliierten sogar die Erlaubnis, sich von Deutschland loszusagen und zusammen mit dem Ostreich – na ja, was halt noch davon übrig war, nicht? – in einer Monarchie zu leben, aber die Chance wurde von einer angeblichen Mehrheit des Volkes verspielt! Und jetzt hängen wir wieder mit diesem Deutschland zusammen, das uns noch immer ins Unglück gerissen hat. Wie jetzt auch wieder! Es wäre uns völlig egal, ob wir unter den Wittelsbachern oder den Habsburgern leben würden – gut, die Wittelsbacher wären uns schon lieber, aber besser ein Habsburger als gar kein König, nicht wahr ...«

Melchior winkte ab. »Bitte, bitte! Könnten wir zurückkommen zu dem Unfall?«

Staub wirkte indigniert, weniger beleidigt als mitleidig, so als hätte er eben erfolglos versucht, einem Zeugen Jehova die Evolutionstheorie nahezubringen.

»Wenn Sie meinen«, sagte er nur.

Melchior atmete tief durch. Ob es hier in der Nähe wohl einen Zigarettenautomaten gab?

»Danke vielmals. Sie haben, wenn ich mich richtig erinnere, damals mit beiden, also Ebener und Schildhauer vor dem Unfall noch gesprochen?«

»Ja, natürlich. Sie kamen beide an den Stand und haben ein Bier getrunken. Waren guter Laune. Ich kannte sie gut, sie hatten ihr Boot hier. Wir haben uns nett unterhalten.«

Aber doch wohl nicht über die Monarchie, denn sonst könnte man auch Selbstmord nicht ausschließen, dachte Melchior boshaft.

»Kein Streit oder so?«

Staub schüttelte energisch den Kopf. »Ach woher!«

»Und danach?«

»Wonach?«

Geduld, Genosse. »Nach dem Bier.«

»Sind sie zum Bootsschuppen gegangen und haben ihr Boot zu Wasser gelassen. Ich hab ihnen noch gesagt, das könnte ein wenig knapp werden wegen dem Wetter, aber sie meinten, sie wollten eh nur eine Stunde raus, bis dahin würde es schon schön bleiben.«

»Könnte ich das Boot kurz sehen? Wär das möglich?«

»Nein.«

»Und warum nicht?«

»Weil es nicht mehr da ist. Ebener hat es ein paar Tage nach dem Unfall verkauft. An irgend so einen Preußen aus den neuen Ländern. So hat er jedenfalls geklungen. Und der hat das Boot woandershin gebracht.«

Mist. Ebener hatte an alles gedacht. Und mit dem Erlös von dem Schiffsverkauf und dem Kredit von der Bank hatte er auch genug Geld für Michaela gehabt.

»Okay. Kann man nichts machen. Sie ließen das Boot also zu Wasser. Und beide waren drauf?«

Staub war regelrecht verwundert über die Frage. »Natürlich. Ebener saß am Ruder, und Schildhauer lag vorn im Bug.«

»Konnten Sie Schildhauer deutlich sehen? Sind Sie da ganz sicher?«

»Ja, natürlich. Was soll das? Gut, ich habe natürlich nicht die ganze Zeit hingeschaut. Das Boot kreuzte auf dem See. Ich hab ab und zu einen Blick darauf geworfen. Waren nicht viele Boote draußen, bei dem Wind. Schildhauer hatte eine knallrote Wetterjacke an. Die habe ich ganz deutlich gesehen. Wieso fragen Sie das alles?«

Melchior seufzte. »Man wird ja noch fragen dürfen. Der See wurde doch damals abgesucht, oder? Von wem?«

»Na ja, da war ja dann gleich dieses Unwetter, das haben Sie ja selbst noch erlebt, ganz schön heftig. An diesem Tag ging gar nichts mehr, das müssen Sie doch noch wissen! Am nächsten Tag waren natürlich die Rettungsschwimmern von der Wasserwacht im Einsatz. Mit Booten. Aber gefunden haben die nichts. Das Wasser war so trüb, es hat danach tagelang geregnet und gestürmt. Ja mei … Ach so, ja! Die rote Jacke trieb auf dem Wasser, die haben aber schon die Jungen gefunden, die Ebener herausgezogen haben. Nein, der andere hatte keine Chance … Er hat sich halt gut versteckt, der Tote.«

»Keine Taucher?«

»Wieso hätte man am nächsten Tag noch Taucher … Schauen Sie, bei so einem Wetter hat es eine irrsinnige Strömung. Wenn da eine Leiche ist, dann kann sie ein paar Stunden später schon ganz woanders sein.«

Melchior kratzte sich am Kinn. »Die Jacke trieb auf dem Wasser, so, so. Vielleicht hätte ich damals wirklich die Profis holen sollen…«

»Was meinen Sie damit?«

»Die Suche! Man hätte Taucher holen sollen.«

»Ich weiß nicht, was das hätte bringen sollen. Ich sage es noch mal: das trübe Wasser, der Wind, die Strömung. Die hätten auch nicht mehr gefunden. Ich weiß nur, dass mir wochenlang keiner hier ins Wasser gegangen ist, weil sie alle Angst davor hatten, die Leiche könnte auftauchen ...«

Melchior hatte nicht mehr richtig zugehört und blickte versonnen auf das Wasser. »Ich glaube, die werde ich mal anfordern.-«

»Wen? Taucher? Was sollen die jetzt noch finden?«

»Keine Ahnung, irgendetwas. Jetzt ist das Wasser ja klar. Gut, ich mach mich dann mal vom Acker. Wundern Sie sich nicht, wenn sich hier bald noch etwas tut, Herr Staub – Herr Staub?«

Aber der hatte jetzt gründlich abgeschaltet und beachtete Melchior gar nicht mehr.

»Hoffentlich friert er wenigstens dieses Jahr zu«, murmelte er.

Melchior war verwirrt. »Was? Ach, der See. Kann darauf verzichten.«

»Dann kann man wenigstens am Wochenende den Laden aufmachen und Glühwein verkaufen ...«

»Ja dann, auf Wiedersehen. Und dass Sie mir nicht selbst enden wie weiland der König.«

Er bekam keine Antwort mehr. Staub starrte nur mit entrücktem Blick auf den See.

»Na, dann halt nicht.« Melchior wandte sich ab und ging rasch davon. Irgendwie, aus mehreren Gründen hatte er es jetzt sehr eilig.

Was wäre man ohne moderne Technik! Im Speicher seines Handys war so manche Telefonnummer abgelegt. Während Melchior zum Auto ging, sah er sich den Speicher durch und fand, was er suchte. Das musste jetzt rasch gehen, es war schon fast halb fünf.

»Hallo? Oberkommissar Melchior hier, Kripo Rosenheim. Wäre es möglich, Herrn Major Jeschke zu sprechen? Ja, es ist wichtig, dienstlich sozusagen. Ja, ich warte …«

Den Major kannte Melchior leidlich gut – Zeit, die Bekanntschaft mal wieder aufzufrischen.

Er stieg in sein Auto. »Hallo, Herr Major. Wie geht's?«

10.

Einsatzbesprechungen waren etwas, das Melchior in seiner Münchner Zeit immer wieder über sich hatte ergehen lassen müssen. Wie bekannt, galt er als Eigenbrötler und so – nichts für ihn! Das fiel unter Teamwork. Er hatte gehofft, in Rosenheim ohne diese Einrichtung auskommen zu können. Doch in der Polizeidirektion Rosenheim war man nicht erbaut von dieser Idee.

Melchior hatte damals auch gehofft, hier, wo er der ranghöchste Ermittler war und damit automatisch Chef, ein wenig mehr Freiheiten genießen zu können, was den Stil und die Methode seiner Arbeit anging. Das stimmte schon, mehr Freiheiten hatte er, aber es gab schon noch Leute, »die ihm vorgesetzt waren und die ihn zurückpfeifen konnten. Und einer davon kam auch – natürlich – zu dieser Einsatzbesprechung: Staatsanwalt Lesch. Den konnte man ja schlecht übergehen, und schließlich hatte Melchior ja gesagt, alle, die etwas mit dem Fall zu tun hatten, sollten dazugebeten werden.

Was soll man sagen? Melchior mochte ihn nicht. Er hatte dafür keinen plausiblen Grund. Vielleicht war es so etwas wie die Ablehnung von Autoritäten oder so. Es war halt schon in der Anfangsphase irgendwas zwischen den Männern schiefgelaufen. Lesch war Melchior ein-, zweimal auf die Füße getreten, was Melchior zwar gewohnt war aus seiner Zeit in München, aber dennoch hatte er sich ein Feindbild aufgebaut. Nachdem Lesch begriffen hatte, dass er hier einen guten Ermittler vor sich hatte – intelligente Menschen kann man kann ja durch Leistung überzeugen - ließ er Melchior bald so viele Freiheiten, wie er, Lesch, glaubte verantworten zu können. Dennoch blieb Melchior Lesch gegenüber weiterhin misstrauisch, das konnte er nicht abstellen.

Da gab es allerdings einen Hoffnungsschimmer. Man munkelte, dass Lesch bald seine Pensionierung beantragen würde. Man sprach sogar schon insgeheim von einem Nachfolger bzw. einer Nachfolgerin. Melchior hatte sich vorgenommen, an dem Tag, an dem sich dieses Gerücht bestätigen würde, alle Kollegen zu einem kleinen Umtrunk einzuladen …

Punkt neun Uhr versammelten sich also alle Beteiligten in dem Konferenzzimmer, das eigentlich für nichts anderes da war als für diese Besprechungen, höchstens noch für Verhöre mit mehreren Beteiligten. Melchior, Schweingruber, der sehr gut gelaunt war, aber das war er ja fast immer, die Kollegen Heigl, Grzyb und Lesch.

Nachdem sich alle gesetzt hatten, fühlte sich der Staatsanwalt berufen, als Erster das Wort zu ergreifen: »So wie es aussieht, Herr Melchior, haben Sie so Ihre Probleme mit diesem Fall, oder sehe ich das falsch?«

Melchior beschloss, diese Kröte einstweilen zu schlucklen. »Wenn Sie meinen Bericht gelesen haben …«

»Den habe ich gerade gelesen«, fiel ihm Lesch ungnädig ins Wort.

In dem Bericht hatte man übrigens erfolgreich unter den Teppich gekehrt, dass sich Melchior etwas unmotiviert auf Ebener als Täter eingeschossen hatte.

»… dann sehen Sie sicher auch, dass zwischen den beiden Fällen ein Zusammenhang bestehen muss.«

»Bestehen kann!«, korrigierte Lesch. »Bei diesem Bootsunfall, den Sie da ansprechen, haben damals ebenfalls Sie ermittelt, nicht wahr?«

»In der Tat. Mir fielen im Mai keine Unregelmäßigkeiten auf. Dieses Versäumnis bitte ich zu entschuldigen. Ich gedenke aber, es zu korrigieren.«

»Spricht für Sie, Melchior, dass Sie Fehler eingestehen. Ich habe mir die Akte extra noch einmal angesehen. Wenn ich so sagen darf, wir sitzen da buchstäblich im gleichen Boot. Mir wäre auch nichts aufgefallen, was eine weitere Untersuchung gerechtfertigt hätte. Was gedenken Sie zu unternehmen, wenn Sie von Korrektur sprechen – vor allem nach so langer Zeit?«

Das war glimpflich abgelaufen. Melchior wurde zuversichtlicher, hier mit heiler Haut herauszukommen.

»Die Tauchergruppe von Major Jeschke, ehemals in Brannenburg stationiert, mittlerweile in Neubiberg, kommt heute gegen elf zum Unfallort und sucht das ganze Gebiet gründlich ab. Und bevor Sie fragen: Ich habe keine Ahnung, was die Taucher da finden werden, aber ich bin ziemlich sicher, dass es keine Leiche sein wird.«

Lesch überlegte einen Moment. »Ganz schön teuer, so ein Einsatz. Hoffentlich zahlt er sich aus … Gut, normalerweise kann man Ihrer Intuition ja vertrauen, Melchior. Genehmigt.«

Holla, das war ja direkt ein Lob.

»Was gibt es an Fakten zum Todesfall Griese?«

»In Ordnung«, meinte Melchior mit einem Stein weniger auf der Brust. »Zuerst die Kollegen von der Spurensicherung: Herr Heigl?«

Heigl fing an, langsam und bedächtig, wie es seine Art war. »In der Wohnung der Toten, soviel können wir sagen, fanden wir außer den Fingerabdrücken der Toten noch Spuren von fünf Leuten. Ihre beiden und die der beiden Mädchen, äh, Sandra Witt und Andrea Bartalus.

Am Computer, was wohl besonders wichtig ist, nicht wahr, fanden wir drei verschiedene Fingerabdrücke. Es ist aber durchaus möglich, dass durch das unvorschriftsmäßige Verhalten des Kollegen ...«

»Ja, ja, ist ja schon gut«, knurrte Schweingruber. »Lass stecken, Mann!«

»... weitere Fingerabdrücke kompromittiert wurden.«

»Mein Gott, machen Sie's nicht so spannend!«, warf Melchior ein.

Heigl zuckte mit den Schultern. »Okay, wie Sie wollen. Am Computer fanden wir Spuren von Hans Schweingruber, von der Toten und von, äh ... Andrea Bartalus. Sonst keine weiteren. Aber in der ganzen Wohnung verteilt, das heißt, im Bad und an verschiedenen Gegenständen – einem nicht abgespülten Glas zum Beispiel – waren noch Fingerabdrücke eines weiteren Unbekannten, den wir bisher nicht identifizieren konnten. Er ist jedenfalls nicht registriert.«

»Das ist unser Mann!«

Melchior holte das Foto Michaela Grieses, fein säuberlich in einem Plastikbriefchen verpackt, aus seiner Tasche. »Hier ... Dieses Foto ... Ich habe es Ebener gegeben. Seine Fingerabdrücke müssen drauf sein. Können Sie das gleich mal abchecken?«

Michaela Grzyb zog Handschuhe an und nahm das Foto. »Kein Problem. Fünf Minuten ...«

»Ich denke, dieser Ebener hat ein wasserdichtes Alibi für die Tatzeit?«, fragte Lesch.

»Hat er, ja. Was aber nicht heißt, dass er nicht später in der Wohnung gewesen sein könnte. Ich gebe aber zu, dass die Hoffnung eher mager ist. Vermutlich gibt es halt doch noch einen großen Unbekannten. Weiter! Hans, was hast du?«

»Wie bekannt, fanden wir im Keller des Wohnhauses der Toten in der Parkgarage deren Auto. Im Kofferraum fanden sich die restliche Kleidung der Toten, ihre Handtasche und Blutspuren. Die Blutspuren stammen eindeutig von Michaela Griese.«

»Ach? Ist das schon geklärt? Schönen Dank ans Labor.«

»Werde es ausrichten, Herr Staatsanwalt. Die tote Griese ist mit ihrem eigenen Wagen transportiert worden, soviel steht fest.«

»Fingerabdrücke von unserem Freund im Wagen?«, warf Melchior ein.

»Nein. Also bis jetzt noch nicht ... Aber vielleicht wachsen noch welche nach ...«

Es war nicht ganz ohne Risiko, vor dem Staatsanwalt zu blödeln, aber der war an diesem Tag offensichtlich friedlich gestimmt.

»Schade«, meinte Melchior. »Aber das war ja sooo klar, bei unserem Glück. Bei der Kälte wird der Täter schon von sich aus Handschuhe getragen haben, natürlich ... Und was gibt's sonst in Bezug auf DNA-Spuren?«

»Moment!« Schweingruber schlug einen Ordner auf. »An der Kleidung der Toten wurden Spuren von Sandra Witt und Andrea Bartalus gefunden, was uns aber leider nicht weiterbringt, weil die drei ja bekanntlich den Abend zusammen verbracht haben. Sonst keinerlei Spuren. Äh, was der Doc noch über, äh ...«

Melchior ahnte, was jetzt kam und half Schweingruber aus der Patsche: »Das Kondom?«

»Ja, Chef. Unbekannt. Nicht registrierter Mann.«

»Also dass es ein Mann war, überrascht mich nicht wirklich«, merkte Melchior ironisch an. »Nicht registriert? Also vom Glück verfolgt sind wir in diesem Fall wirklich nicht. Und was wissen wir über diesen mysteriösen Manfred Schildhauer?«

»Wer ist denn das?«, fragte Lesch und bewies damit, dass er den Bericht Melchiors eben doch nicht gelesen hatte – jedenfalls nicht bis zum Schluss.

»Der neue Kompagnon Ebeners und Bruder von Marinus Schildhauer. Das behauptet Ebener wenigstens. Es steht übrigens auch in meinem Bericht.« Das konnte er sich nicht verkneifen.

»Manfred Schildhauer«, verkündete Schweingruber mit einem gewissen Stolz in der Stimme. »Ist – sieh da! – jedem ein alter Bekannter, nur nicht dem Staate Kalifornien und seinem Regenten Arnie.«

Lesch schüttelte fast unmerklich den Kopf. »Ach was? Wem ist er denn bekannt, zum Beispiel?«

»Uns!« Schweingruber hatte es nicht bemerkt, war jetzt mitten in seiner Show, und keine zehn Staatsanwälte hätten ihn bremsen können. Na, vielleicht doch …

»Ta-taa! Hier ist sein Leben: Er wurde geboren, keiner weiß warum, am 19. April 1968 in Rosenheim, einen Tag zu früh, um ein rrrichtiger Deutscherrr zu werden – kleiner Scherz am Rande. Er wuchs zusammen mit seinem kleinen Bruder Marinus nach der Scheidung seiner Eltern wohlbehütet bei seiner Mutter und deren neuer Liebe auf. Aber dann – oh, oh – traten große Schatten in sein Leben, die schließlich darin gipfelten, dass er im Jahre des Herrn 1993 wegen mehrmaligen Scheckbetruges in die Justizvollzugsanstalt Stadelheim, München umziehen musste. Dortselbst verbrachte Schildhauer anderthalb Jahre seines noch so jungen Lebens. Er wurde wegen seiner überaus freundlichen Art und guter Führung vorzeitig entlassen, gelobte Besserung und düste schleunigst ab.«

»Aha, ein Schäfchen, so, so. Dann haben wir also seine Fingerabdrücke?«, fragte Melchior.

Schweingruber nickte. »Schon gecheckt. Mich wissen, was Massa wollen! Mich viel traurig, Abdrücke nicht gleich!«

»Herr Schweingruber!«, fuhr der Staatsanwalt sichtlich erbost dazwischen.

Hinzu kam nun der Tadel vom Chef, der mit säuerlicher Stimme maulte: »Manchmal könntest du dein Gequatsche wirklich sein lassen…«

Zurückschalten, erster Gang. »Sorry! Weiter im Text: Schildhauer zwei tauchte nach dem Verbüßen seiner Haftstrafe ab, wird seitdem im Ausland vermutet. Aber definitiv nicht im sonnigen Kalifornien. In San Diego gibt es, man möchte es kaum glauben, keinen einzigen namentlich bekannten Schildhauer …«

»Das ging ja schnell!«

»Gepriesen sei das Internet, ja! Schildhauer zwei betrat, dank sei den Kollegen vom Flughafen – sein Ausweis wurde geprüft, übrigens ein deutscher Ausweis! – am 22. Juli dieses Jahres wieder heimischen Boden und lebt seither im Bauernhof Ebeners, wo er sich auch polizeilich gemeldet hat. Bewährungsauflagen hat er natürlich keine mehr, es liegt derzeit nichts gegen ihn vor.«

»Dann hat entweder Schildhauer Ebener oder Ebener mich angelogen, was San Diego angeht. Interessant! Hast du in der Wohnung noch etwas gefunden?«

»Totale Ebbe! Ich wüsste jetzt auch nicht wirklich, wonach ich suchen sollte.«

»Ach komm, das ist doch klar! Der Einbrecher hat eine Videoaufnahme gesucht, weil er das belastende Material verschwinden lassen wollte. Die PC-Dateien sind weg, okay. Aber er hat alle möglichen CDs mitgenommen, verstehst du? Er kann die eine, um die es geht, nicht gefunden haben. Denn wozu hätte er sonst überall ein solches Durcheinander anrichten sollen, wenn nicht auf der Suche nach der einen, die nicht da war. Zum Schluss hat er halt dann alle mitgenommen in der Hoffnung, sie wäre vielleicht doch dabei.«

Da war sie wieder, diese Skepsis des Jüngeren gegenüber dem Älteren. »Ja, kann schon sein …«

Und er konnte so überzeugend sein, dieser Melchior. »Ist so, Hans! Ist so. Kannst du sicher sein. Wenn es diese DVD gibt, müssen wir sie suchen. Fragt sich nur, wo? Michaela hat sie sicher irgendwo versteckt, wo sie schwer zu finden ist. Gut, später! Was hast du noch?«

»Nicht mehr so viel. Das Night Fever hatte Ruhetag. Ich hab beim besten Willen keinen auftreiben können. Heute um drei steh ich bei denen auf der Matte, versprochen. Auf Michaelas PC sind keine weiteren für uns relevante Dateien. Zum Rekonstruieren gibt es nix, gar nix. Professionell gelöscht! Außerdem: Wenn die Fingerabdrücke, die du da mitgebracht hast – Ebener, oder? – identisch sind mit denen in der Wohnung, ist der Rest doch Formsache ...«

Melchior machte eine wegwerfende Bewegung. »Ach, schön wär's. Bei unserem Dusel wette ich zehn Unzen Gold, dass ...«

In diesem Augenblick ging die Tür auf und Michaela Grzyb kam kopfschüttelnd herein.

»Negativ! Die Abdrücke stimmen nicht überein!«

»Wette schon gewonnen...«, meinte Melchior düster. »Aber das war jetzt nicht so schwierig. Glaubt es mir oder nicht: Ebener hat auf das Bild so reagiert, dass ich schon vor seinem Alibi sicher war, dass er die Tote nie gesehen hat. Sie hat ihn zwar erpresst, womit auch immer, aber gesehen hat er sie nie. Ergo kann er sie nicht getötet haben, und jetzt ist klar, dass er auch nicht ihre Wohnung durchsucht hat.«

»Bleiben Ihnen also nur mehr die DNS aus dem Kondom und die unbekannten Fingerabdrücke«, stellte Lesch fest. »Beides dürfte zum selben Mann gehören, schätze ich. Konzentrieren Sie sich also darauf, diesen Mann zu finden. Wenn Sie noch einen guten Rat von mir annehmen wollen, Melchior: Nach meiner Erfahrung spricht ein Genickbruch immer für Tötung im Affekt. Ausnahmen bestätigen die Regel, aber das ist meine grundsätzliche Erfahrung. Tja, es hilft nichts. Ich muss zum Gericht.«

Er stand auf. »Viel Glück, Melchior. Scheint so, als hätten Sie das mal ausnahmsweise nötig. Und benachrichtigen Sie mich, wenn sich etwas ergibt.«

Lesch gab Melchior die Hand und ging, worauf sich Melchior imaginären Schweiß von der Stirn wischte. »Kein Wort über Psychologen, kein Wort über Fehlverhalten, kein Wort, dass ich Mist gebaut habe – Lesch muss krank sein.«

Schweingruber grinste breit, auch wegen der Bemerkung des Staatsanwaltes bezüglich der Tötung im Affekt. Genau das, was er auch gesagt hatte. Na ja, jedenfalls so ungefähr.

»Na, siehst du! Alles in Butter.«

»Nichts ist in Butter. Ich habe keine Wohnung, keinen Mörder, keine Beweise für einen Versicherungsbetrug oder sonst irgendwas. Guat schaun ma aus!«

Und in diesem Moment öffnete sich die Tür, und der Staatsanwalt sah noch einmal herein.

»Ach, Melchior, ich habe da noch etwas vergessen. Sie haben die Wahl: entweder nehmen Sie sich umgehend ein oder zwei Wochen Urlaub, oder Sie machen einen Termin bei unserem Psychologen aus. Wie gesagt, das bleibt Ihnen überlassen. Nur ändern Sie etwas an Ihrer derzeitigen Verfassung. Das ist eine Anordnung, verstanden?«

Melchior schloss die Augen. »Ja, verstanden, Herr Staatsanwalt. Ich entscheide mich spontan für den Urlaub. Sobald wir mit diesem Fall fertig sind.«

»Gute Entscheidung, Melchior. Auf Wiedersehen.«

War sooo klar…

»Das ist nicht mein Tag«, seufzte Melchior.

»Wieso? Urlaub ist doch okay. Es gibt schlimmere Strafen, Chef!«

Das sah Melchior ein.

»Zurück zum Fall. Wir haben immer noch das Auto im Keller, vergiss das nicht, Chef!«

»Wieso?«

»Wie es da hinkam, ist klar. Aber dass es da immer noch steht, ist doch komisch! Irgendwie muss der Täter nach dem Einbruch ja wieder weggekommen sein.«

Melchior nickte nachdenklich. »Ja, da hast du natürlich recht. Könnten es zwei Täter gewesen sein mit zwei Autos?«

»Und ich wette, du tippst sofoert auf Ebener und Schildhauer zwei …«

»Und ich wette, du sagst dann gleich, dass auch die Fingerabdrücke von Schildhauer nicht in Michaelas Wohnung waren. Mist! Und wenn Schildhauer zwei in Wirklichkeit Schildhauer eins ist?«

»Hä?« Schweingruber machte kein intelligentes Gesicht in diesem Moment.

»Ich meine damit: Wenn gesetzt den Fall Marinus nicht wirklich tot ist und Manfred gar nicht Manfred, sondern in Wirklichkeit Marinus, dann wäre das mit den Fingerabdrücken möglich!«

»Komplizierter geht's nicht, oder?« Skepsis!

»Du glaubst das nicht, was?«

Schweingruber sah sich die Bilder des Verblichenen und seines Bruders an und verzog das Gesicht. »Von großer Ähnlichkeit kann man bei den beiden nicht sprechen. Wie sollte das gehen? Nein, ich glaube das nicht.«

Melchior seufzte. »Okay. Das Ganze wieder auf Null und von vorne! Also, du kümmerst dich um die Discosache, sobald da jemand aufzutreiben ist, und beschäftige dich mal ausführlich mit den Konten der Firma Ebener. Da gibt es bestimmt etwas, das wir wissen sollten. Die Spurensicherung …« er wandte sich an Heigl und Grzyb, »… beschäftigt sich noch einmal mit dem Wagen Grieses, und ich fahre dann an den Chiemsee. Ende der Besprechung. Mir reicht's!«

Schweingruber hob noch schnell einen Finger. »Chef! Für dein anderes Problem wüsste ich eine Lösung!«

Melchior begriff nicht sofort.

»Dein Problem mit der Wohnung. Ich wüsste eine leer stehende!«

»Tatsächlich? Toll! Wo?«

Ganz cool, als wäre es das Normalste auf der Welt, meinte Schweingruber fröhlich: »Fünfter Stock, Appartement 505 …«

Melchior war zunächst sprachlos, brauste dann aber auf: »Du bist doch …! Du bist wohl übergeschnappt! Das ist … Das ist …«

»Pietätlos?«, fragte Schweingruber treuherzig.

»Ach, das Allerletzte! Sag mal, ich kann mir doch nicht die Wohnung einer Toten unter den Nagel reißen!«

»Und warum nicht? Irgendjemand wird sie doch auf jeden Fall nehmen. Ich dachte mir ja nur, du könntest Hilfe bei der Wohnungssuche brauchen. Die Miete wäre erschwinglich, zahlst sogar weniger als ich – also Quadratmeterpreis. Ich hab alles ausgemacht, du brauchst bloß den Hausmeister zu fragen. Der hat alle Vollmachten vom Eigentümer. Nächsten Ersten könntest du rein – in zwei Wochen. Und wenn du früher willst, wird auch niemand was sagen. Für die Möbel müsstest du Ablöse zahlen, aber auch im grünen Bereich.«

Melchior war immer noch baff, aber ruhiger.

»Also auch wenn du es gut meinst. Das ist echt krass!«

»Krass oder nicht krass. Du brauchst eine Wohnung, und da ist eine.«

»Aber zu groß für mich ist sie doch auch!«

»Dann«, grinste Schweingruber, »musst du halt für Familienzuwachs sorgen.«

11.

Bis er zum Chiemsee musste, hatte Melchior noch eine gute halbe Stunde Zeit. Er gedachte sie mit etwas zu füllen, das ihm immer noch unpassend vorkam, wenn auch die Argumentation Schweingrubers stimmig war. Irgendjemand würde die Wohnung der Toten wieder bewohnen. Warum also nicht er?

Fünf Minuten lang unterhielt sich Melchior mit dem Hausmeister, der übrigens durchaus angetan war von der Aussicht, einen Polizisten in »sein« Haus zu bekommen. Das sieht auch nicht jeder so. Doch im Staatsdienst, also solvent, dazu vermutlich ruhig – im Gegensatz zu den Studenten, die da sonst wohnten und die außerdem noch den Nachteil hatten, dass sie ziemlich schnell wieder auszogen, wenn sie ihr Studium abbrachen, beendeten oder eine andere Bleibe fanden. Und das war dann immer verbunden mit für einen Hausmeister lästigen Pflichten: Wohnung wieder in Ordnung bringen, manchmal war direkt eine Sanierung nötig, dann die Probleme mit der Kaution, die fast immer auftraten. Da erschien ihm ein langfristiger Mieter, Kriminalkommissar … Kurz gesagt, er war überaus erfreut und zeigte dies auch deutlich.

Melchior wies angelegentlich darauf hin, dass in diesem Fall der Lift aber schon mehr Konstanz beweisen müsse, was der Hausmeister eifrig zusicherte. Er würde außerdem gerade repariert.

Melchior sperrte die Türe auf, ließ sie offen stehen und betrachtete alles ganz genau, während er durch die ganze

Wohnung ging, die er jetzt natürlich unter anderen Gesichtspunkten betrachtete als am Vortag.

Das Laminat gefiel ihm. Nicht gerade edel, aber leicht zu putzen. In seiner neuen Situation war das ein wichtiger Punkt. Denn putzen musste jetzt er. Nicht, dass er niemals zuvor ..., aber bestimmt nicht mehr als zehn oder fünfzehn Prozent und nur sporadisch. Das Wohnzimmer war seiner Meinung nach ein Traum. Platz in Hülle und Fülle, die Couchgarnitur – nicht so toll, aber brauchbar. Konnte man ja irgendwann eine neue kaufen. Tapeten wären schön, dachte er und wunderte sich über sich selbst.

Mein Gott! Zum ersten Mal in seinem Leben, mit fast vierzig, entschied er selbst und allein über seine nächste Wohnung. Besser spät als nie ...

Küche und Bad erschienen ihm ausreichend. Er entschied sich – ja war denn das jetzt schon klar? – spontan für das südliche der beiden Zimmer als sein Schlafzimmer, weil es ein Fenster nach Süden hatte – ungeachtet der Tatsache, dass hier Michaela Griese geschlafen hatte. Er würde aber ein neues Bett kaufen.

So, also dann! So schlecht wär's wirklich nicht. Bei Sonnenschein würde das Ganze sogar noch besser aussehen. Doch auch bei bedecktem Himmel war es hell genug. Platz würde er jedenfalls mehr als genug haben, ja, eigentlich war die Wohnung zu groß für ihn! Was passierte eigentlich mit den Möbeln? Welche konnte er brauchen? Gehörten sie nun den Eltern der Toten? Konnte er sie ablösen? Überhaupt, was stand ihm aus seiner alten Wohnung noch an Inventar zu? Au weia, das war ein böser Gedanke! Da würden noch brutale Verhandlungen stattfinden. Der Urlaub war ihm wahrscheinlich wirklich zum richtigen Zeitpunkt aufs Auge gedrückt worden!

Mitten in seine Überlegungen hinein geschah etwas, das ihn aus seinen Fantasien riss und zurück zu seiner Arbeit brachte. Er stand plötzlich wieder vor dem Bild Michaelas. Direkt daneben war eine Pinnwand, an der eine ganze Menge Zettel ungeordnet neben- und übereinander hingen. Die meisten davon betrafen das Studium oder waren Einkaufslisten. Aber einen der Zettel fand er, als er sie überflog, seltsam.

»Was ist denn das für ein Blödsinn?«, murmelte er für sich. »Das ist mir gestern gar nicht aufgefallen: ›Fraget, so werdet ihr Antwort bekommen – suchet, so werdet ihr finden – Matthäus 19,1.‹ So steht das doch nicht bei Matthäus.«

Er kratzte sich am Kopf, betrachtete sich den Zettel noch einmal und glaubte plötzlich zu verstehen.

»Hmmm, was willst du mir sagen, Mädchen? Oh, oh, das könnte sein, das wäre ja ... Ich glaube, die Wohnung gefällt mir immer besser!«

Was gestern und heute schon fast zur Gewohnheit geworden war, blieb auch an diesem Tag nicht aus. Plötzlich stand Andrea Bartalus in der Tür und räusperte sich. Melchior drehte sich um. Haargenau dasselbe Outfit wie gestern, registrierte er.

»Ach, Sie sind es, Andrea. Grüß Gott auch. Kommen Sie eigentlich immer dann vorbei, wenn ich da bin?«

Ihre schlechte Laune von gestern war nur unwesentlich besser geworden.

»Ich kann dafür nicht garantieren«, sagte sie sarkastisch. »Ich wollte zur Uni, und weil der Lift immer noch kaputt ist, bin ich über die Treppe gegangen. Die Tür stand offen, und da dachte ich mir schon, dass Sie es sind.«

»Ich fragte nur, weil wir uns jetzt möglicherweise öfter sehen werden ...«

Sie erschrak etwas. »Dienstlich?«

Melchior winkte lächelnd ab. »Nein, nein. Das meinte ich nicht. Es ist nur – es ist ein bisschen verrückt, wissen

Sie. Ich brauche dringend eine Wohnung. Ich bin zu Hause ausgezogen, und Hans, ich meine, mein Assistent, hat hinter meinem Rücken dieses Appartement … also, wie soll ich sagen? Ich werde hier vielleicht demnächst einziehen.«

Andrea zeigte sich alles andere als begeistert. »Ach ja? Tatsächlich? Na, ich weiß nicht …«

»Ja, ja. Sie haben schon recht. Mir ist auch nicht ganz wohl dabei. Aber irgendwer wird hier einziehen, verstehen Sie? Also kann es doch auch ich sein. Ich brauche wirklich dringend eine gute Bleibe.«

»Na dann! Ist Ihre Sache. Wie sagt man da auf Deutsch: auf gute Nachbarschaft?«

»Genau. Danke, gleichfalls. Bis dann …«

»Wie? Keine Fragen?«, meinte sie fast enttäuscht.

Ach ja, die Arbeit … die gab es ja auch noch!

»Man hat nicht immer was im Ärmel«, grinste Melchior. »Höchstens: War Michaela am Samstag mit dem Auto in der Disco oder zu Fuß?«

»Mit dem Auto natürlich.«

»Ja, das dachte ich mir.«

»Ist das denn von Bedeutung?«

Melchior zuckte mit den Schultern. Zu viel wollte er ihr nun wirklich nicht verraten. »Kann sein, kann auch nicht sein. Na dann halt ich Sie nicht länger auf, ich muss auch selber weg.«

»Ja, Viszontlatasra.« (gesprochen: Wi-ßont-la-tasch-ra)

»Wie bitte?«, fragte Melchior verwirrt. »Ich glaube, das wollte ich auch gerade sagen.«

Andrea lachte – na endlich! Es war das erst Mal, glaubte sich Melchior zu erinnern. »Ziemlicher Zungenbrecher, was? Das ist ungarisch und heißt auf Wiedersehen.«

»Wie war das noch mal?«

»Vi-szont-la-tas-ra! Aber denken Sie sich nichts, wir kürzen es auch meistens ab. Viszlat!«

Holla! Glockenschlag im Hinterkopf! »Viszlat!«, meinte Melchior mit einem breiten Lächeln gedehnt. »Ja, das kann man behalten, in der Tat. Das kann man behalten.«

Andrea wandte sich ab und ging. Es war ein Bild für Götter, wie Melchior dann mit geschlossenen Augen minutenlang dastand, einige »Mhm's« von sich gab, die seine Gedankengänge unterstreichen sollten, Handbewegungen machte, von denen nur er wusste, was sie bedeuten sollten, und schließlich anerkennend pfiff.

Seine Stimme klang zum ersten Mal an diesem Tag, vielleicht seit langer Zeit so, als sei er komplett zufrieden mit sich und der Welt: »Oh ja, in der Tat. Diese Wohnung gefällt mir immer besser!«

12.

Sie kamen mit einem ganzen Transporter, sechs Mann plus Kommandeur, und es war eine militärisch geplante Aktion. Wenn die Bundeswehr etwas machte, machte sie es richtig! Abgeladen wurden ein riesiges Schlauchboot mit Außenbordmotor und Kompressor zum Aufblasen, fünf Taucherausrüstungen plus Reservelungenautomaten und Pressluftflaschen, etliche Kisten mit Material. Einer der Soldaten blieb zur Überwachung an Bord des Schlauchbootes, der Kommandeur zur Überwachung aller an Land, wo er sich aufbaute, wie nur ein Soldat es kann: kerzengerade, breitbeinig, mit den Händen hinter dem Rücken wie Napoleon vor Waterloo. Blieb zu hoffen, dass er nicht hinterher auch das Bild Napoleons abgeben würde.

»Ich bin Ihnen wirklich sehr dankbar, Herr Major«, bedankte sich Melchior aufrichtig.

»Keine Ursache. War Ihnen ja vom letzten Mal noch einen Gefallen schuldig. Hoffe, wir können Ihnen aus der Patsche helfen, wenn ich das so sagen darf.«

»Oh ja. Das dürfen Sie ruhig so sagen.«

Major Jeschke war ein Soldat durch und durch. Über eins neunzig groß, durchtrainiert bis unter die Haarspitzen. Melchior war natürlich prompt bei der ersten Begegnung der beiden Männer vor gut einem Jahr in eines seiner beliebten Fettnäpfchen getreten, weil ihm der Major erzählt hatte, er sei »auf der Gorch Fock« gefahren, was vermutlich so viel hieß wie: »Ich habe in Harvard studiert« oder so. Und Melchior hatte in seiner kindlichen Naivität angesichts des Umstands, dass er nun bei den Pionieren

Dienst tat, so etwas abgelassen wie: »Zu oft seekrank gewesen für die Marine?« Der Blick des Majors hätte ihn fast getötet. Dann aber hatte Jeschke doch ein wenig Humor bewiesen und Melchior erklärt, dass man ihn seines Gardemaßes wegen nicht zum gewünschten Dienst auf einem U-Boot zugelassen habe. Und später hätten ihn private Gründe in den Süden der Republik verschlagen. So erkläre sich der höchst ungewöhnliche Wechsel von der Marine zu den Pionieren.

Man hatte sich danach doch noch gut verstanden. Allerdings wusste Melchior bis heute nicht, ob ihm der Major über die U-Boote die Wahrheit gesagt oder ihn gründlich auf den Arm genommen hatte.

»Wenn ich Sie richtig verstanden habe, Herr Melchior, dann suchen wir hier nicht die Leiche des über Bord gegangenen …« Er schnippte mit den Fingern.

»Marinus Schildhauer. Nein.«

»Warum eigentlich nicht. Dies ist doch ein sehr schöner Platz zum Sterben«, meinte der Major. Der Satz kam Melchior irgendwoher bekannt vor …

»Also, wenn wir hier eine Leiche finden, besonders die von Marinus Schildhauer, dann nehmen wir sie natürlich dankend an, klar! Aber ich glaube nicht, dass wir seine Leiche hier finden werden. Weil ich annehme, dass er überhaupt nicht tot ist.«

Major Jeschke blinzelte verwirrt, soweit ein Mann von seinem Kaliber überhaupt verwirrt sein konnte. »Was suchen wir dann?«

»Helfen Sie mir: Sie waren bei der Marine. Womit könnte man ein Boot, in diesem Fall ein kleines Segelboot, vorsätzlich zum Kentern bringen.«

Jeschke lachte spöttisch auf. »Landratten wie die Herrschaften, die solche Einmannsärge fahren wie hier auf diesem See, schaffen das spielend auch ohne Vorsatz. Aber ich verstehe Sie schon. Sie unterstellen, dass der Skipper, dieser …« Fingerschnippen.

»Ebener«, ergänzte Melchior.

»Danke. Dass dieser Ebener sein Boot freiwillig kieloben gelegt hat. Nun, da fallen mir Dutzende Möglichkeiten ein, aber keine davon rechtfertigt eine aufwendige Suche auf dem Grund dieses Sees.«

Mach mir Laune, dachte Melchior. »Da gibt es natürlich noch etwas, das Sie finden könnten.«

Melchior verriet dem Major lieber nicht, wie gering er selbst die Möglichkeit einschätzte, dass überhaupt etwas gefunden würde.

»Im Bug des Bootes saß ja, wie bekannt, das angebliche Opfer. Ich gehe aber davon aus, dass da in Wirklichkeit gar niemand war, verstehen Sie? Was die Leute sahen, war eine rote Windjacke und eine Mütze. Aber was war unter der Windjacke?«

»Und? Was war darunter?«

Bitte nicht noch ein Skeptiker! Das vertrage ich nicht, dachte Melchior, zuckte aber nur mit den Achseln und fragte, auf den See und das Schlauchboot deutend, auf dem sich die Männer gerade fertig zum Tauchgang machten: »Wie gehen Sie eigentlich vor, wenn ich fragen darf?«

»Fünf Mann wassern. Sie bewegen sich in konzentrischen Kreisen, in exakt zwei Metern Abstand zueinander um den Anker, den das Schlauchboot gesetzt hat. Danach werden die Kreise systematisch erweitert. Sollte an dieser Stelle nichts sein, sagen wir, in zwanzig Metern Umkreis, versetzen wir den Anker des Schlauchbootes und beginnen eine neue Suche. Alles eine Frage der Methode und der Routine. Die Männer müssen bei dem schlammigen Boden sehr vorsichtig vorgehen, um so wenig Dreck wie möglich aufzuwirbeln, damit die Sicht halbwegs gut bleibt.«

Das Warten begann. Nach einer halben Stunde unterbrachen die Taucher ihre Suche, weil auch die besten Neopren-Anzüge nicht ewig vor Auskühlung schützen konnten. Sie kamen geschlossen an Land und unterzogen sich einem zwanzigminütigen Aufwärmprogramm. Der sechste Mann tauschte inzwischen ihre Pressluftflaschen aus und befüllte den ersten Set wieder mit Luft.

Melchior war tief beeindruckt von der Exaktheit, der Synchronizität ihrer Übungen, mit denen sie ihre abgekühlten Muskeln wieder erwärmten. Dennoch sank seine Hoffnung von Minute zu Minute. Das Wetter war auch nicht besser geworden, obwohl es wohl die Taucher kaum stören würde, dass es inzwischen etwas zu nieseln begonnen hatte.

Jeschke bemerkte, dass Melchiors Stimmung nahe null tendierte, und setzte ein Duftmarke, die ihm der Kommissar nicht zugetraut hätte: »Sie hätten damals nach dem Unfall die Stelle, an der das Boot kenterte, markieren sollen. Dann wäre es jetzt einfacher, sie zu finden.«

Als er Melchiors entgeisterten Blick sah, meinte er nur trocken: »Kleiner Scherz.«

Wieder aufgewärmt, starteten die Taucher dreißig Meter weiter rechts, vom Bootssteg aus gesehen, den nächsten Tauchgang.

»Machen Sie sich wegen uns keine Sorgen«, meinte Jeschke jetzt. »Wenn gar nichts dabei heraus kommt, war es wenigstens eine gute Übung unter Realbedingungen.«

Wie beruhigend.

Melchior holte sich am König-Ludwig-Gedächtnis-Imbissstand eine Currywurst. Eigentlich hätte der Stand um diese Jahreszeit gar nicht geöffnet sein dürfen, und eigentlich wollte Melchior aus Angst vor neuerlichen Monarchieauslassungen auch gar nicht hin, aber sein Magen knurrte so vernehmlich, dass er alle Ängste über Bord warf, um in der gerade angemessenen Sprache zu bleiben. Der Monarchist, heute milde gestimmt, war eigens angerückt, weil er die Soldaten gesehen hatte und ein Geschäft witterte. Deshalb verschonte er Melchior mit weiteren Ausführungen zu seinen Theorien.

Dem Major nahm Melchior auf Verdacht auch eine Wurst mit, was dieser mit einem freundlichen Nicken quittierte.

Die beiden Männer hatten sich gerade einen guten Appetit gewünscht, als eine Trillerpfeife erklang, ziemlich erregt sogar.

»Na also«, meinte der Major mit vollem Mund. »Meine Männer sind fündig geworden.«

Es dauerte aber noch fast eine halbe Stunde, bis Melchior erfuhr, was die Taucher gefunden hatten.

13.

Beschwingter, fröhlicher und besser gelaunt hatte noch nie jemand jemals Caspar Balthasar Melchior gesehen als in diesem Moment, da er über den Gang zu seinem Büro ging. Leider sah es niemand. Außer natürlich einem Mann, der einsam und verlassen auf einem Stuhl vor Melchiors Büro saß. Er stand sofort auf, als er Melchior den Gang entlangkommen sah.

Es handelte sich um einen normalen, durchschnittlichen Burschen, Typ Banker oder Buchhalter, korrekt gekleidet mit Anzug und Krawatte. Melchior schätzte ihn auf Mitte dreißig, circa eins achtzig groß, dunkelhaarig. Auffällig an ihm war nichts, wirklich gar nichts, außer seiner offensichtlichen Nervosität.

»Hauptkommissar Melchior?«

»Oberkommissar. Ja?«

»Oh, entschuldigen Sie vielmals. Ich … Guten Tag … Ich wollte mich bei Ihnen melden.«

Melchior war, wie gesagt, allerbester Laune. Ansonsten hätte er den anderen vielleicht ein wenig warten lassen, aber so, wie die Dinge standen, sagte er freundlichst: »Na, dann gehen wir am besten in mein Büro. Bitte kommen Sie doch mit.«

Er öffnete die Tür, ging voraus, legte seinen Mantel ab und hängte ihn an einen Haken. Im Büro und im Nachbarraum war sonst niemand. Melchior ging um seinen Schreibtisch herum und deutete auf den Besucherstuhl.

»Bitte. Setzen Sie sich doch, Herr …?«

»Storm. Helmut Storm. Ich … wollte mich melden.«

Hochgradig nervös, der Mann. Er zitterte sogar ein wenig und das nicht wegen der Kälte draußen.

»Das sagten Sie schon. In welcher Sache?«

Storm hatte offenbar mit einem sehr trockenen Mund zu kämpfen. »Es geht um ... Michaela.«

Melchior zog eine Braue hoch. »Michaela Griese?«

»Ich wollte mich melden ...«

Ach, du heilig's Blechle! »Ja, das wissen wir ja nun. Weswegen?«

»Ich dachte mir, Sie kriegen es ja doch raus, und da wollte ich mich melden, bevor Sie ...« Wirklich sehr nervös und sehr trockener Mund. Melchior ging zum Waschbecken und schenkte dem Mann erst einmal ein Glas Wasser ein.

»Hier.«

»Vielen Dank.« Er trank hastig ein paar Schluck und verschluckte sich fast.

»Nichts zu danken. Reiner Selbstschutz, sonst dauert es noch bis morgen früh. Bevor wir was?«

»Was?«

»Sie wollten sich melden, bevor wir...?« Geduld, Alter.

Storm gab sich einen sichtbaren Ruck.

»Bevor Sie etwa glauben, ich hätte ... Michaela und ich, wie soll ich sagen ...«

Jetzt begriff Melchior. »Sie hatten ein Verhältnis miteinander?«

»Ja, aber nicht so, wie Sie denken ...«

»Nein, nein«, wehrte Melchior sofort ab. »Ich denke überhaupt nichts, ich bin Beamter. Ich höre nur zu!«

Den Scherz überhörte Storm komplett. Er hatte jetzt wieder Spucke für ein paar Sätze.

»Es ist so: Ich bin verheiratet. Sie wissen schon, keine perfekte Ehe, aber es geht irgendwie ... man lebt halt so dahin. Und Michaela war ...«

Er stockte schon wieder, und Melchior fühlte sich genötigt, nachzuhelfen. »Jung? Hübsch? Willig?«

Großes Entsetzen. »Ja! Nein! Was wollen Sie?«

Melchior hob die Hände zum Himmel. »Dass Sie endlich kurz und knapp sagen, was Sache ist!«

Ein Schluck Wasser, ein tiefer Atemzug. Mann, konnte sich wirklich jemand so haben wegen dem bisschen Geständnis?

»Also, wir haben uns ab und zu getroffen – bei ihr. Meistens samstags. Ich hab gesagt, ich gehe zum Fußball schauen, aber in Wirklichkeit war ich bei ihr.«

»Ach, lägen mir jetzt Wortspiele auf der Zunge…«, meinte Melchior. »Reihenweise! Na, lieber nicht! Wie lange kannten Sie Michaela? Wie oft haben Sie sich getroffen?«

»Drei, vier Monate. Seit Anfang August. Wir haben uns damals im Urlaub getroffen, auf den Seychellen, das müssen Sie sich mal vorstellen! Da leben beide in Rosenheim, und man lernt sich auf den Seychellen kennen. Meine Frau war etwas krank an dem Tag, und ich bin allein losgezogen. Na, wie das so ist im Urlaub.« Scheinbar hatte er jetzt genug Spucke. Schön. Melchior schoss übrigens kurz der Gedanke durch den Kopf, dass besagte Frau an besagtem Tag vielleicht gar nicht krank war, sondern nur ihren Mann loswerden wollte – konnte ja auch sein; wie das so ist im Urlaub …

»Und getroffen haben wir uns – ach, nicht so oft, zwei, drei Mal im Monat, aber sie fand das gut so, und mir war es auch recht. Sie dürfen nicht glauben, dass ich meine Frau nicht liebe, aber …«

»Aber sie findet Sie halt nicht mehr erotisch, hä?« Das musste sein! Das war sich Melchior selbst schuldig!

»Was?«

Melchior winkte ab. »Ach, nichts von Bedeutung. Waren Sie am letzten Samstag auch bei Michaela?«

»Ja, das ist es ja eben!«

»Macht nichts. Ganz ruhig, Herr Storm. Von wann bis wann?«

»Zwei, von kurz nach zwei bis gegen fünf, na ja, etwa halb sechs, bis das Fußballspiel eben aus ist, Sie verstehen?«

Er verstand. »Und dann? Danach?«

»Bin ich nach Hause gegangen.«

Was sonst. »Und dort waren Sie die ganze Nacht?«

»Ja, natürlich.«

»Natürlich! Und Ihre Frau kann das bezeugen?«

Jetzt packte Storm wieder das blanke Entsetzen. »Äh, das wäre aber nicht gut, wenn Sie meine Frau da hineinziehen würden!«

Melchior nickte bedächtig. »Ja, kann ich mir vorstellen. Das gäbe einige peinliche Fragen. Ja, was machen wir denn da nur?«

Im Nachbarraum, dem Büro des angehenden Kriminalkommissars Schweingruber, tat sich etwas. Hans kam gerade zurück, woher auch immer. Melchior stand auf und ging zur Verbindungstür.

»Hans!«, sagte er jovial. »Du kommst ja wie gerufen, mein junger Freund.«

Schweingruber hob kurz die Hand, sah zu Storm hinüber und blickte Melchior fragend an.

»Darf ich vorstellen? Herr Storm – mein Kollege Schweingruber. Hans, das hier ist Herr Storm, Helmut Storm. Stell dir vor, er wollte sich melden.«

Schweingruber verstand das als Einladung zum Blödeln. »Tatsächlich? Ist es wahr! O Freude über Freude …«

Nur hatte diesmal Melchior allen Grund zum Blödeln und, wie sich sofort herausstellen sollte, weniger der Kollege Schweingruber!

»Ja, es ist wahr, Hans. Wir wollen den Tag ewiglich preisen. Es gibt Arbeit für dich. Jetzt augenblicklich. Du gehst mit Herrn Storm, der freundlicherweise zugegeben hat, mit Michaela Griese ein Verhältnis gehabt zu haben und daher als »Mister rosa«« zu gelten hat – bitte, schau doch nicht so entgeistert.«

Der Blick, den Schweingruber Storm zuwarf, war sehenswert. Man konnte förmlich spüren, was er dachte – »Das ist der Kerl! Wir haben ihn! Hängt ihn!« Über den Auftrag schien er alles andere als erbaut. Eine Mischung aus Stolz und tiefem Abscheu machte sich auf seinem Gesicht breit.

»Du gehst mit Herrn Storm nach nebenan – hörst du mir eigentlich zu, Hans? Sodann nimmst du seine Fingerabdrücke, und vergleichst sie mit denen aus Michaelas Appartement – Speichelprobe natürlich auch, wegen ›rosa‹, hast du verstanden? Hans! Hier bin ich, hier spielt die Musik! Speichelprobe ins Labor, natürlich. Dann nimmst du Herrn Storms freiwillige Aussage gewissenhaft zu Protokoll und entlässt ihn in Frieden und Freundschaft heim zu seiner geliebten Frau, wobei wir …« Melchior wandte sich nun wieder Storm zu »… eine gewisse Diskretion walten lassen wollen!«

Schweingruber starrte Melchior mit halb offenem Mund an. »Ja, aber – wieso das? Entlassen? Aber … Wie? Und wenn die Abdrücke übereinstimmen?«

Melchior breitet die Arme aus. »Dann, mein lieber Freund, entlässt du ihn erst recht, weil er ja mit dem Mord nichts zu tun hat, wie er versichert – Sie versichern das doch, Herr Storm?«

Storm nickte eifrig. »Ja. Ja, sicher. Natürlich. Ich würde niemals …«

»Sie würden niemals, ich weiß!« Melchior musste sich mit Gewalt ein Grinsen verbeißen. Tatsächlich stand er kurz davor, herauszuplatzen. Die Situation war aber auch zu komisch – aus seiner Sicht! Schweingruber und Storm sahen das sicher anders, aber das interessierte ihn wenig. »Du hörst es, Hans. Er versichert! Er schwört – auf das rosa Band der Treue …«

»Aber …« Die Theorie! Seine schöne Theorie! Da geht sie hin, und niemals kehrt sie wieder! In Schweingruber brach eine Welt zusammen, eine rosa Welt. »Aber das würde doch bedeuten …«

Melchior zuckte entschuldigend mit den Schultern. »Das bedeutet, dass wir endgültig bei null sind, was die Fingerabdrücke angeht. Richtig. Wir haben das vielleicht zu sehr durch die rosa Brille gesehen. Aber so ist das Leben. Grausam und ungerecht. Was sollen wir denn tun, Hans? Wenn er doch versichert …«

Schweingruber resignierte. Dass er in diesem Moment kurz daran dachte, seinen Beruf aufzugeben, erfuhr niemand. Er fügte sich in das Unvermeidliche und sagte zu Storm: »Gut, okay. Dann kommen Sie bitte mit, Herr … äh … Storm. Ich kann's ja wohl nicht ändern.«

Melchior schüttelte den Kopf. »Nein, kannst du nicht. Aber Kopf hoch, ich bringe auch gute Nachrichten! Sehr gute Nachrichten. Später. Mach erst mal deinen Job!«

Schweingruber winkte nur bitter enttäuscht ab und ging mit Storm in den Nebenraum. Bevor sich die Tür schloss, hörte Melchior noch, wie Schweingruber sagte: »Ach, wie praktisch! Der Herr Heigl. Seien Sie bitte so gut …«

Türe zu. Melchior schaffte es gerade noch zu seinem Schreibtisch zurück, bevor er sich nicht mehr beherrschen konnte. Er legte den Kopf auf seine Arme und schüttelte sich vor Lachen. Die Welt ist aber auch zu schön …

Aber sie sorgt auch verdammt oft dafür, dass die Bäume nicht in den Himmel wachsen.

Als sich Melchior wieder etwas beruhigt hatte, warf er einen Blick auf die Post auf seinem Schreibtisch. Dabei fiel ein großer Briefumschlag auf, der zuoberst auf dem Stapel lag. »So! Und was haben wir jetzt da? Ein freundliches Brieflein, wie süß, leider kein rosa Umschlag …«

Er öffnete den Brief, ohne auf den Absender zu achten, immer noch fröhlich vor sich hin pfeifend.

Manchmal ändern sich Stimmungen schneller als man glauben kann! Als Melchior begann, den Brief zu lesen, verdüsterte sich seine Miene rapide!

Das höflichste, freundlichste und respektvollste an dem Brief war die Anrede: »Sehr geehrter Herr Melchior!« Genau genommen war es das einzige Höfliche, Freundliche und Respektvolle an dem Brief. Nachdem Melchior die erste Seite zunächst überflogen hatte, kam es ihm sinnvoller vor, den Brief doch Zeile für Zeile genau zu lesen. Absender war, nebenbei bemerkt, ein Anwalt, um korrekt zu sein: eine Anwältin.

»Was?«, schnappte er.

Er legte die erste Seite weg und widmete sich der zweiten. Auf der kam es aber nur noch dicker.

»Hä? Ja spinnt denn die? Was ist denn das für ein Zeug? Seelische Grausamkeit? Jetzt geht's aber los! Menschenverachtendes – was? – Verhalten! Ja, sonst noch was?«

Untragbare Zustände, Vernachlässigung der häuslichen sowie väterlichen Pflichten sowie »Planungsunmöglichkeit« auf Grund ständig wechselnder Arbeitszeiten waren die nächsten Begriffe, die Melchior ins Auge stachen.

»Nee, das glaub ich jetzt nicht …«

Aber das dickste Ding kam noch auf Seite drei.

»O nein! Nein, nicht mit mir, nicht das auch noch!«

Fünf Minuten und ein Brief hatten genügt, um aus dem lachkrampfgeschüttelten Melchior eine kurz vor der Explosion stehende Zeitbombe zu machen! Er war Polizist! Einer von den Guten! Er hätte niemals einen Verdächtigen, nicht einmal einen überführten Täter in so einem Ton angegriffen, fertiggemacht, wie er in diesem Brief angegriffen wurde. Niemals! So viel Respekt vor dem anderen Menschen, auch wenn es der Gegner war, musste sein, dachte er, sonst geht alles den Bach runter, was sich die Menschheit an Zivilisation in zigtausend Jahren aufgebaut hatte.

Für Anwälte schien diese Regel allerdings nicht zu gelten. Er war sich tausendprozentig sicher, dass er noch nie, noch nie in seinem ganzen Leben, auch nicht von dem schlimmsten Verbrecher, den er jemals eingesperrt hatte, so vorsätzlich beleidigend abgewatscht worden war wie in diesem Brief. Niemals im ganzen Leben! Es war einfach unfassbar!

Pech für den, der jetzt in sein Büro kam. Die Türe öffnete sich nämlich. Wenn man einen positiven Charakterzug an Hans Schweingruber nennen sollte, dann würde einem vor allem einfallen, dass er nie lange schlecht gelaunt sein konnte. Sein ursprüngliches sonniges Gemüt kam garantiert postwendend innerhalb weniger Minuten wieder zurück, egal wie heftig der Schlag gegen das Schienbein vorher gewesen sein mochte.

So war es auch diesmal. Fünf Minuten, in denen er gelernt hatte, Storm richtig einzuschätzen, dazu die Möglichkeit, ihn Heigl für die erkennungsdienstliche Behandlung aufs Auge zu drücken, hatten ausgereicht, um aus dem am Boden zerstörten Hans Schweingruber wieder den wie üblich gut gelaunten Strahlemann zu machen, der er von Natur aus war. Dann war es halt nichts mit seiner Theorie, okay. Die Welt geht weiter.

»Das hättest du sehen sollen, Chef! Der Kerl hat die Hosen voll wegen den bisschen Fingerabdrücken, das glaubst du nicht …«

Zeitbombe! Man erinnere sich. Jetzt: Explosion.

»Geh gefälligst wem anderen auf den Geist mit deiner abartig guten Laune, verdammt noch mal!«

Schweingruber hatte seinen Chef noch nie in dieser Lautstärke erlebt. Er schüttelte kurz den Kopf, dachte wohl, er sei in einem falschen Film und entschloss sich dann zur üblichen Taktik.

»Oh, oh! Chef nix gut drauf. Was passieren, Chef?«

Melchiors Faust krachte auf die Tischplatte, wodurch zwei Aktenordner das Gleichgewicht verloren und auf den Boden fielen.

»Hör jetzt gefälligst auf mit dem Schwachsinn, sonst kannst du was erleben, Mann!«

Das mussten an die 110 Dezibel gewesen sein. Schmerzgrenze erreicht! Schweingruber beschloss, die Taktik zu ändern. Auf Verrückte, so hatte er gelernt, musste man ruhig und besonnen einreden.

»Okay! Ist ja gut, Chef. Komm runter und beruhige dich. Was ist denn los?«

Melchior warf ihm kurzerhand das Schreiben auf den Tisch. Hans nahm es in die Hand, warf zunächst einen Blick auf den hochroten Melchior, dann einen auf den Brief.

»Auweh! Anwalt. O je! Wie heißt die Tussi? Diese blöden Doppelnamen … ziemlich arisch, so wie es klingt. Äh, damit ich nichts falsch verstehe: Das ist die Anwältin deiner Frau, ja?«

»Die Anwältin meiner zukünftigen Ex-Frau, um genau zu sein! Und wenn es daran noch irgendeinen Zweifel gegeben haben sollte – hiermit ist es so was von amtlich, dass ich es gar nicht sagen kann! Ich rede mit dem Weibsbild nie wieder auch nur ein Wort!«

Immerhin nur mehr 90 Dezibel.

»Gut gebrüllt, Löwe! Na dann, prost Mahlzeit. Wenn die so anwaltet, wie sie heißt … Junge, fährt die schwere

Geschütze auf. Was heißt denn seelische Grausamkeit, bitte schön?«

»Ach, frag das Adolfine! Ich hab keine Ahnung!«

Schweingruber zitierte: »Meiner Mandantin steht ein finanzieller Ausgleich für – was? – zwölf verlorene Jahre zu.«

»Gell, da schaust'! Was es nicht alles gibt! Von einer Frau, die ich zwölf Jahre ernährt habe und die dabei keinen Pfennig beigesteuert hat!«

»Cent! Nicht Pfennig.« Upps, das war ein Fehler!

Melchiors Stimme erhob sich wieder Richtung 110 Dezibel. »Halt die Klappe, Mensch! Damals waren es noch Pfennig! Ich sag dir, den Ton kann sich diese Nebelkrähe nur unsereinem gegenüber erlauben. Wenn ich der Verbrecher wäre, als der ich da hingestellt werde, dann sagt sie das nur einmal, und dann nie wieder! Dann ist sie nämlich einen Fuß kürzer, und zwar pronto – erledigt alles die Familie!«

Schweingruber beschloss, erst mal nichts dazu zu sagen. Etwas ruhiger fügte Melchior hinzu: »Schau dir mal die letzte Seite an. Da kommt erst noch der große Hammer!«

Hans blätterte um, las und schaute dann Melchior fragend an. »Sohn? Was für ein Sohn? Ich wusste gar nicht, dass du einen Sohn hast … Also, natürlich weiß ich, dass du einen Sohn hast, aber ich … wir haben nie darüber gesprochen, oder?«

Melchior erwiderte nun erheblich leiser: »Na ja, privat ist privat, und Dienst ist Dienst. Ich red halt nicht so oft darüber.«

Schweingruber las den letzten Absatz in aller Ruhe durch. »Also, wenn ich das recht verstehe, will ihn deine Frau nicht mit nach München nehmen, weil sie sonst in ihrer neuen Arbeit behindert würde und weil du dich, sagt sie, auch mal um deinen Sohn kümmern könntest, und der

Sohn will angeblich sowieso lieber bei dir leben und nicht weg aus Rosenheim. Hast du denn nie mit ihm geredet?«

So laut hatte Schweingruber seinen Chef noch nie erlebt wie eben und so verlegen wie jetzt auch nicht.

»Ich … Ich hab jetzt wirklich mit mir selbst zu tun gehabt … Ich wollte einfach eine Zeit lang nichts von alledem wissen.«

Schweingruber sah sie förmlich vor sich, die düstere Wolke, die sich da ganz im Geheimen über Melchiors Haupt zusammenbraute. Noch war sie ganz klein, aber sie schien rasant zu wachsen! Vorsichtig begann Schweingruber: »Das ist nicht gut, Chef. Der Junge braucht dich, das siehst du doch ein.«

»Ja, das hab ich jetzt auch geschnallt. O Mann. Aber das geht nicht! Das geht nicht! Wie soll ich … Wie soll das gehen? Ich kann doch kein Kind alleine aufziehen. Die Wäsche waschen, kochen, putzen. Und dazu der Job! Ich bin schon froh, wenn ich's allein schaffe. Der Junge noch dazu, das geht nicht!«

Zweite und letzte Warnung! Die Wolke wurde dunkler und dunkler. »Wirst du aber wohl müssen, so, wie es ausschaut. Kannst ihn ja nicht gegen seinen Willen bei seiner Mutter lassen, vor allem, wenn die das nicht will. Wie alt ist er überhaupt? Nicht mal das weiß ich!«

»Elf! Halt, nein, fast zwölf – in zwei Monaten.«

»Na also, ruhig Blut! Der kann doch schon fast auf sich selbst aufpassen. Das kriegst du bestimmt gebacken. Vielleicht bring ich die Kollegen dazu, hier eine Krabbelecke aufzumachen…« Noch war es der liebe, gute Schweingruber, aber – allerletzte Warnung!

Melchior starrte ihn nur fassungslos an. »Mann, Mann, Mann. Du redest dich leicht!«

Und in diesem Moment explodierte die Gewitterwolke. Es geschah etwas, das niemals jemand für möglich gehalten hätte. Hans Schweingruber, Strahlemann und Sonnengemüt, Kommissaranwärter und Chefblödler stand auf und stützte sich mit den Händen auf den Schreibtisch, direkt vor Melchior, das Gesicht nicht mehr als zwanzig Zentimeter von dem seinen entfernt, und explodierte – ganz leise! Bei höchstens 10 Dezibel, was das Ganze aber noch irrealer machte – und eindrucksvoller!

»Jetzt werd ich dir mal was sagen, damit das ein für alle Mal klar ist! Dein Junge will also zu dir – dann wirst du ihn auch gefälligst nehmen! Und als Erstes wirst du jetzt umgehend mit ihm reden! Verstanden? Sofort! Heute Abend bei ihm zu Hause! Oder hol ihn morgen von der Schule ab, egal! Aber du redest mit ihm! Keinen Druck! Du fragst ihn nur in aller Deutlichkeit, wo er leben möchte! Bei wem er sein Leben verbringen möchte! Und wenn er bei dir leben will, dann hast du verdammt noch eins die Pflicht, diese Nummer durchzuziehen!«

Die letzten Worte waren dann doch in höherem Dezibelbereich gefallen. Schweingruber hatte sich in Rage geredet. Nichts, aber auch gar nichts erinnerte Melchior noch an den umgänglichen, lustigen Typen, den er sonst darstellte. Schweingruber atmete tief durch und sprach ruhig weiter: »Ich wäre jedenfalls heilfroh gewesen, wenn mich mein Vater gewollt hätte!«

Melchior sah ihn entgeistert an und schnappte: »Was?«

60 bis 100 Dezibel: »Als sich meine Eltern getrennt haben, hat sich mein feiner Herr Vater nicht einmal von mir verabschiedet. Ich wäre ihm am liebsten hinterhergerannt, aber meine Mutter hat mich zurückgehalten. Der Lump hat sich in all den Jahren nie wieder bei uns blicken lassen! Und ich musste da bleiben, wo ich war, ob ich wollte oder nicht – und ich hätte nicht gewollt! Ich hätte bei meinem Vater bleiben wollen. Aber nein, der Herr Papa wollte sich ein schönes Leben machen – keine Verantwor-

tung, keinen Ballast, bla, bla, bla … der gottverdammte Schweinehund!«

Schweingruber, mindestens so hochrot wie eben noch sein Chef, schnaufte wie eine Dampflok. Melchior schüttelte nur den Kopf und wurde sehr, sehr leise. »Davon wusste ich nichts. Sag mal, wie lange kennen wir uns jetzt schon?«

Schweingruber setzte sich wieder hin und beruhigte sich.

»Fast zweieinhalb Jahre.«

Melchior schüttelte wieder den Kopf. »Hm, vielleicht sollten wir doch ab und zu einen trinken gehen. Scheinbar wissen wir gar nichts voneinander.«

»Kann leicht sein. Liegt aber bestimmt nicht an mir! Du tust, was ich gesagt habe, ja?«

»Ja, tu ich. Umgehend. Platz eins auf der Tagesordnung. Kannst dich darauf verlassen … Äh, Hans? … Erstens: Danke für den Anpfiff, und zweitens: Könnten wir bitte jetzt wieder zur alten Hackordnung zurückkehren?«

Schweingruber tat so, als wäre nichts gewesen. »Die – äh, welche? Ach so, du Chef, ich Assi? Na klar, no Problemo.«

Melchior rang immer noch um Fassung und wusste nicht so recht, wie er mit dieser Situation umgehen sollte. Er konnte einfach nicht fassen, was für einen Schweingruber er da eben erlebt hatte. Man ist eben nie zu alt, um noch was zu lernen – auch über Mitarbeiter.

»Danke. Dann … Ich muss unbedingt mit diesem Hausmeister noch mal reden. Die Wohnung … also, gefallen hätte sie mir ja. Ich hab sie mir heut früh noch mal angeschaut. Aber sie wäre für mich allein zu groß gewesen … Tja, unter diesen veränderten Umständen würde sie natürlich genau passen.«

Und schon strahlte Schweingruber wieder über das ganze Gesicht: »O Chef! Weise Entscheidung, Chef! Ich stehe dir mit meinen umfangreichen Kenntnissen – zum Beispiel in Sachen Kochen – gerne zur Verfügung. Bei Umzügen natürlich auch – Betonmuskeln sind bereit, Chef! I am ready to rumble!«

Jetzt grinste sogar Melchior. »Currywurst und Pommes schaffe ich notfalls auch alleine. Aber was den Umzug angeht, you're welcome! Was mache ich mit Adolfine oder wie sie heißt?«

Schweingruber machte nur eine abfällige Handbewegung. »Ach komm, Papier ist geduldig. Ich brauch doch dir wirklich nichts über Anwälte zu erzählen, Chef. Wie oft haben wir schon solche Aasfresser hier im Büro gehabt, oder etwa nicht? Nimm dir einen Anwalt vom gleichen Kaliber und schieß zurück – fertig!«

»Ja, das wird wohl nicht anders gehen. Das wird eine schmutzige Angelegenheit. Meine Herren, wird das dreckig!«

»Ja, wird es, und du schaffst das garantiert, weil was uns nicht umbringt ... nicht wahr? So, Chef. Themawechsel. Wie wär's mit Arbeit für mich? Ich hab nichts zu tun.«

»Disco?«

»In einer Stunde.«

»Na gut, dann komm mal mit zum Wagen. Ich zeige ich dir was in meinem Kofferraum. Etwas Hochinteressantes, das bis vor einer Stunde noch im Chiemsee gelegen hat.«

Und als eine Viertelstunde später beide wieder in Melchiors Büro zurückgingen, sah man etwas, was man vorher nicht für möglich gehalten hätte: Jetzt waren sie sich einig und beide gut gelaunt. Gute Freundschaften halten so was aus, und um schlechte ist es nicht schade.

14.

Der Mann, der etwa gegen dreiviertel fünf in seinem Büro an seinem Schreibtisch saß – wenigstens das war seins – und gedankenverloren mit einem Bleistift spielte, hatte schon wieder keine gute Laune mehr. Er hatte Angst. Er hatte Fehler gemacht, viele Fehler. Ein paar berufliche waren auch dabei, aber um die ging es jetzt nicht. Er liebte seinen Beruf – vielleicht ein wenig zu sehr.

Planungsunmöglichkeit – dieses unmögliche Wort hatte er inzwischen analysiert. Es hieß im Klartext nichts anderes als: Ich kann meinem Beruf nicht nachgehen, weil sich ja irgendwer um den Jungen kümmern muss und der gnädige Herr Polizist ja nie da ist, wenn man ihn braucht, weil man sich auf seine Arbeitszeiten nicht verlassen kann, weil ihm der Beruf wichtiger ist als seine Familie! Und das war nicht so weit hergeholt, das musste er zugeben!

Und Melchior selbst? Der lonely wolf? Er brauchte keine Freunde. Schließlich hatte er seinen Beruf, und den einen Freund, den er hatte, sah er in der Arbeit. Das hatte ihm genügt.

Hatte er seine Familie gebraucht? Und geliebt? Mehr als die Arbeit?

Kann es sein, dass … wie hatte Storm vorhin gesagt? … dass man halt vor sich hin lebte, oder so ähnlich, dass man einfach nicht sah, sehen wollte, was Sache war?

Sein Image hatte Kratzer abbekommen – nicht so sehr vor den anderen Leuten, seinen Kollegen, das nicht. Aber vor sich selbst hatte es Kratzer abbekommen, und das war viel schlimmer!

Eines war Melchior klar: Sein Leben würde sich in Zukunft radikal verändern. Fixpunkt würde nur seine Arbeit bleiben, alles andere würde jetzt komplett neu. Und er würde diese Dinge in Zukunft mehr unter einen Hut bringen müssen. Hatte er nicht seiner Frau genau das vorgeworfen? Dass sie dazu unfähig sei? Jetzt musste er zeigen, dass er es konnte, und davor hatte er Angst.

In der vergangenen Stunde hatte er fünf teilweise sehr wichtige Telefonate geführt. Angefangen hatte er bei seinem Anwalt, weil das der einfachste Anruf war. Natürlich wusste der schon Bescheid. Ihm lag eine Kopie des bewussten Schreibens vor, und er versprach, mit harten Bandagen zurückzuschlagen, sofern Melchior das wünsche. Er wünschte!

Dann hatte er die beruflichen Anrufe getätigt. Zunächst Ralf Ebener, dann Manfred Schildhauer. Er hatte bekommen, was er von ihnen verlangt hatte: einen Termin. Morgen Vormittag zehn Uhr. Showdown! Appartement 505, Heimspiel!

Immer noch einfache Anrufe.

Ein wenig schwerer wurde es, weil er noch den Staatsanwalt verständigen musste. Mailbox. Er sagte, was er zu sagen hatte, und bat um Rückruf.

Und dann der schwerste Anruf. Immerhin hatte er Glück, und sein Sohn ging ans Festnetz, nicht dessen Mutter. Handy hatte er keines – aus pädagogischen Gründen. Das würde Melchior schleunigst ändern müssen, wenn das zukünftige Leben funktionieren sollte. Das Gespräch, das Melchior sehr ruhig und mit unsagbar schlechtem Gewissen führte, endete mit einer Verabredung morgen nach der Schule zu einer freundlichen Ladung Hamburger. Das verschaffte ihm die Zeit, gründlich darüber nachzudenken, was er überhaupt sagen wollte. Das wusste er nämlich noch überhaupt nicht!

Schweingruber hätte sich da sicherlich ein Stück leichter getan!

Meine Güte, Schweingruber! Melchior war immer noch konsterniert von dem, was da passiert war. Der lustige Schweingruber! Melchior begriff, dass er hinter seiner Maske aus Frohsinn und Unbeschwertheit eine Menge an Narben mit sich herumtragen musste. Blödeln? Ja, sicher. Weil ein Publikum da war, nämlich er, Melchior. Und jeder andere, der über ihn lachen konnte. Aber offenbar war das nur Mittel zum Zweck – nicht nur zum Auflockern von manchmal harter und frustrierender Arbeit, sondern Selbstzweck. Er suchte Anerkennung, und dafür machte er sich zum Clown. Das hatte er wahrscheinlich schon in der Schule so gemacht und in der Arbeit fortgesetzt. Es ging um Anerkennung!

Und es hatte zweieinhalb Jahre gedauert, bis Melchior das begriffen hatte! So viel zum Thema Menschenkenntnis, auf die sich Melchior immer so viel eingebildet hatte. Und soviel zum Thema Freund. Ein richtiger Freund hätte Schweingrubers Maske schon viel früher durchschaut, aber Melchior hatte nur Augen für seine Arbeit.

Er würde eine Menge Dinge ändern müssen. Und davor hatte er erbärmliche Angst. Aber nicht vor dem, was morgen früh passieren würde. Davor nicht! Auch wenn er bisher nur die halbe Miete eingefahren hatte – das waren die Dinge, auf die er sich verstand. Da fühlte er sich sicher – im Gegensatz zu der Hamburgerorgie, die dann um ein Uhr folgen würde.

Es klopfte. Kaum dass Melchior »Herein« gerufen hatte, stand Staatsanwalt Lesch schon im Zimmer. Das war der Letzte, den Melchior jetzt sehen wollte. Hören wäre ja noch gegangen, aber Auge in Auge …

»Herr Staatsanwalt! Wäre aber nicht nötig gewesen, dass Sie extra vorbeikommen.« Das war eine höfliche Umschreibung für die eigentliche Botschaft: »Ist mir aber gar nicht recht, dass Sie vorbeikommen!«

»Ich war eh im Haus«, meinte Lesch. »Da kann ich auch persönlich schauen, was los ist. Ihre Nachricht habe ich gehört. Heißt das, alles ist in trockenen Tüchern?«

Melchior wiegte den Kopf. »Halb und halb.«

»Reichen die Beweise, die Sie haben?«

»Müssen Sie entscheiden. Ich denke schon. Zusammen mit dem, was wir an Kontobewegungen recherchiert haben, müsste es reichen. Aber ich fahre dann gleich noch mal in die Wohnung der Toten. Ich glaube, ich weiß, wo die verschwundene CD ist. Und wenn wir die haben, sollte endgültig alles klar sein.«

»Und das Tötungsdelikt Griese?«

Es war Melchior gar nicht recht, darauf angesprochen zu werden. »Das ist noch nicht restlos geklärt. Nein. Das stimmt nicht. Ehrlich gesagt: Ich weiß es nicht, ich habe eine Ahnung. So schaut es aus. Kollege Schweingruber treibt gerade noch einen Zeugen auf – hoffe ich zumindest. Wenn der etwas gesehen hat, könnte uns das weiterhelfen. Aber wie ich Ihnen schon auf die Mailbox gesprochen habe: Morgen früh hetze ich alle Beteiligten aufeinander, dann werden die Fassaden schon bröckeln – und ich bin sehr zuversichtlich, dass ich danach getrost in Urlaub gehen kann.«

Der Staatsanwalt nickte zufrieden. »Sie sind ein hervorragender Mann, Melchior. Der beste Ermittler, den ich je gesehen habe!«

Ja sapperlot! Zum zweiten Mal heute! Was zum Kuckuck …

»Ich habe gesehen, dass Sie Ihren kompletten Resturlaub beantragt haben, drei Wochen. Selbstverständlich wird das problemlos genehmigt. Dann erholen Sie sich und bringen sich wieder in Form!«

Das bedurfte jetzt ein für alle Mal der Klärung! »Herr Lesch ... Äh... Blöde Frage, ich weiß, aber... warum sind Sie eigentlich so scheißfreundlich heute? So hab ich Sie noch nie erlebt.«

»Wissen Sie das nicht?«, lachte Lesch. »Muss ich Ihnen das wirklich sagen? Na gut, wenn Sie unbedingt wollen: Einen selbstgerechten, erfolgsverwöhnten Ermittler muss man bremsen, wo man kann, sonst hebt er ab! Einem Mann, der am Boden liegt, hilft man besser, wieder aufzustehen, bevor er für immer liegen bleibt!«

Aha. So war das also. War das wirklich so offensichtlich?

»Und im Übrigen wollte ich Ihnen noch sagen, dass ich am 1. Januar in Pension gehe. Wie ich vermute, gedenken Sie diesen Tag zu feiern. Ich wäre gern zu dieser Feier eingeladen.«

Aua. So war das also. Zeit, eine Feindschaft zu begraben. Ganz spontan.

Melchior sicherte ihm die gewünschte Teilnahme zu, und man gab sich die Hand.

15.

Caspar Balthasar Melchior stand mit einem sehr guten Gefühl und seiner neuen Pfeife im Mund am Fenster seiner neuen Wohnung. Noch am gestrigen Abend, nachdem er die Wohnung unter einem sehr speziellen Gesichtspunkt noch einmal inspiziert hatte, hatte er alle Formalitäten mit dem Hausmeister erledigt, vor allem die finanziellen. Es würde sein Festgeldkonto schwer belasten – die Miete, die Kaution, die Ablöse für die Möbel und die Neuanschaffungen, der Umzug, und dann war da auch noch die Scheidung, die sicher auch nicht ganz billig werden würde. Aber er hatte für Notfälle einiges zurückgelegt, und das würde reichen. Vor allem aber war es das wert!

Es klopfte mal wieder! Melchior zwang sich dazu, jetzt nur an seine Arbeit zu denken. Im Moment war das wichtiger! Showdown!

»Immer nur herein! Es ist offen«, rief er laut.

Kollege Schweingruber – Freund Schweingruber natürlich – stürmte herein und nickte anerkennend: »Salve, Ch ... – Donnerwetter! Wie hast du das bloß so schnell geschafft, hier Ordnung reinzubringen?«

Melchior klopfte sich auf die Brust. »Na ja, der perfekte Hausmann. Ich übe schon mal. Mein Sohn wird dasselbe Durcheinander anrichten wie der Einbrecher. Das heißt: Ich werde noch öfters aufräumen müssen.«

»Ja, die lieben Kleinen. Wie schaut's denn aus in Sachen, ähem...«

»Ich hole ihn nach der Schule ab. Dann reden wir über alles. Vielleicht könntest du mir noch ein paar Tipps geben, wie ich das am besten anstelle. Die Wohnung habe ich klar gemacht. Ich bleibe mit Genehmigung des Hausmeisters ab sofort hier, weil ich ja auch noch viel renovieren muss. Zum nächsten Ersten ziehe ich – ziehen wir – offiziell ein. Das heißt, wenn er will …«

Schweingruber strahlte über das ganze Gesicht. »Gut. Klasse, Chef! Selbstverständlich lasse ich dich am reichen Schatz meiner Erfahrungen teilhaben. Übrigens, was ich noch sagen wollte: Mein roter Bruder raucht die Friedenspfeife? Ist das nicht ein wenig verfrüht, und seit wann rauchst du überhaupt Pfeife?«

»Das ist keine Friedens-, sondern eine Beruhigungspfeife. Vielleicht kann ich mir das Zigarettenrauchen auf diese Weise abgewöhnen.«

Schweingruber rümpfte die Nase. »Mein roter Bruder raucht scheinbar das Gras aus Nachbars Garten …«

»Äh … Nein, nur zu wenig Sold, um anständigen Tabak zu kaufen. Muss sparen, viel teuer, das Leben.«

Beide lachten.

»Es ist alles vorbereitet. Die ganze Show. Du kriegst dann dein Stichwort, weißer Bruder! So, jetzt ist mir die Pfeife ausgegangen, na herrlich!

Was soll's. Fangen wir halt an. Ist unser Besuch da?«

»So da, wie sie nur da sein können. Die Mädchen kommen in einer Minute. Typisch! Zwanzig Meter Anfahrt und dann zu spät kommen … Wolle mer se roilasse?«

»Da sag ich nur: Rä-tä-tä. Rä-tä-tä! Wir wollen. Und wie wir wollen!«

Melchior brachte sich in Position. Wie er es sich von einem gewissen Major der Bundeswehr abgeguckt hatte, stellte er sich breitbeinig vor dem Fenster auf. Schweingruber gab ihm einen Daumen hoch und wandte sich dann zur Tür.

»Dann mal rein mit der ganzen Bande«, sagte Melchior.

Schweingruber öffnete die Tür und schaute hinaus. »Ich bitte die Herrschaften, einzutreten. Chef? Alle da, wir können anfangen.«

Nacheinander betraten sie alle den Raum. Den Anfang machte, Ladies first, Sandra Witt, sie bekam große Augen, als sie sah, dass aufgeräumt war. Sie hatte sich heute ein bisschen aufgebrezelt, für wen auch immer. Modisches Shirt und dezentes Make up.

Direkt hinter ihr, natürlich ganz in Schwarz, Andrea Bartalus. Ihr Blick war unstet und verriet eine Mischung aus Angriffslust und Sorge.

Ralf Ebener erschien ohne sichtbare Aufregung. Er wirkte wie jemand, der lediglich eine lästige Pflicht hinter sich bringen musste, und sah sich in der Wohnung um, als sähe er sie das erste Mal. Melchior registrierte es, und er glaubte es.

Und zum Schluss kam das Schäfchen, Manfred Schildhauer. Er schien etwas blass und war wohl nicht im selben Sonnenstudio Kunde wie Ebener. Er war kleiner als Melchior, was ja nun auch nicht so leicht war. Knappe eins siebzig und höchstens sechzig Kilo, ein Fliegengewicht. Aber er hatte ein Gesicht, das vieles offenbarte – Erfahrungen, gute wie schlechte, und das Vorsicht gebot. Mit diesem Mann war, Fliegengewicht hin oder her, nicht zu spaßen!

Keiner sagte ein Wort. Nur Sandra nickte Melchior zum Gruß zu. Der Rest verkniff sich jeden Akt der Höflichkeit.

»Ja, da sind Sie ja! Herzlich willkommen! Wenn Sie bitte auf der Couch und den Sesseln Platz nehmen würden. Keine Hektik, jeder wo er will …«

Die vier setzten sich schweigend. Melchior blieb dort stehen, wo er war. Er hatte das Licht in seinem Rücken. So konnte er jede Reaktion auf den Gesichtern der Angekommenen beobachten.

»Danke, dass Sie so prompt gekommen sind.«

Schildhauer war der Erste, der das Schweigen brach. »Kostet mich eine Stange Geld, darauf können Sie wetten. Hab' einen wichtigen Termin absagen müssen. Aber, wenn die Polizei ruft ...«

»Recht so«, meinte Melchior süffisant. »Bei Ihrer Erfahrung wissen Sie ja, dass man uns nicht warten lassen sollte, nicht wahr?«

Schildhauer hatte eine Entgegnung auf der Zunge, schluckte sie aber hinunter.

Melchior klatschte in die Hände und begann: »Gut, dann wollen wir die Sache mal vom Tisch bringen. Eigentlich war es gar nicht so kompliziert, wie wir alle dachten. Und, so leid es mir tut, das zugeben zu müssen, es war reines Glück, dass wir jetzt hier so fröhlich beisammensitzen können. Mein Glück natürlich, damit wir uns nicht falsch verstehen ... Für Michaela war es das natürlich ganz und gar nicht. Ich weiß und ich gebe vor Ihnen allen hiermit nochmals offen zu, dass ich eine gewisse Mitschuld an Michaelas Tod trage.«

Melchior nahm sich Zeit, den Satz wirken zu lassen. Bis auf Sandra reagierte niemand. Diese drehte sich um und schaute ihn erschrocken an.

»Wenn ich damals im Mai gleich richtig ermittelt hätte, wäre sie vielleicht noch am Leben. Aber gehen wir es der Reihe nach an. Der 20. Mai. Ein schicksalhafter Tag, nicht wahr? Ihr Bruder, Herr Schildhauer, kam an diesem Tag ums Leben.«

»Ja, höchst bedauerlich. Obwohl ich ihn fünfzehn Jahre nicht gesehen hatte. Sehr traurig.«

Melchior zeigte sich überrascht. »Wirklich? Na, vielleicht habe ich eine frohe Botschaft für Sie. Ich bin nämlich überzeugt, dass Ihr Bruder noch lebt.«

Schildhauer machte eine wegwerfende Handbewegung und sagte nur abfällig: »Quatsch!«

Die Reaktion Ebeners war nervöser. »Was? Nein! Nicht doch! Was erzählen Sie da?«

Keine dieser Reaktionen kam für Melchior unerwartet. »Machen wir's kurz, meine Herren, damit Sie nicht unnötig Theater spielen müssen. An diesem 20. Mai, genau fünfzehn Uhr dreiundvierzig, kenterte Ihr Segelboot, Herr Ebener, direkt vor dem Bootssteg draußen bei Übersee. An Bord befanden sich laut allen Zeugenaussagen zwei Männer, nämlich Sie und Marinus Schildhauer. In Wirklichkeit jedoch waren Sie allein an Bord.«

»Das können Sie nie und nimmer beweisen!«, fauchte Ebener.

»Meinen Sie? Wozu würde ich es Ihnen denn sonst erzählen? Marinus Schildhauer trug an diesem Nachmittag eine knallrote Windjacke, die nach dem Kentern auf dem Wasser trieb. Und da hätte ich damals an diesem 20. Mai schon stutzig werden müssen. Mein Fehler! Wie denn das? Wie kommt die Jacke auf das Wasser? Der Mann ist doch auf Nimmerwiedersehen abgesoffen. Hat er sich vorher ausgezogen oder was? Alle Zeugen haben damals nur gesehen, was sie sehen sollten. Etwas, das im Bug des Bootes war, eine Mütze auf hatte und eine auffällige rote Jacke trug. Das haben sie gesehen, das haben sie ausgesagt. Aber entscheidend ist, was unter der Jacke war. Ein Mensch? Marinus Schildhauer? Nein!

Um zum Punkt zu kommen: Den Beweis Nummer eins fanden Pioniertaucher der Bundeswehr unter dem Befehl von Major Jeschke gestern auf dem Grund des Sees, zwar nicht genau an der Stelle, an der das Boot kenterte, aber das kann mit der Strömung zusammenhängen oder mit der Erdrotation oder ich weiß nicht, womit. Aber Hauptsache, es war da! Hans, holst du uns mal bitte die Kiste drüben im Schlafzimmer, auf dem Bett – und heb dir keinen Bruch, das Ding ist verdammt schwer!«

Schweingruber, der bisher schweigend und höchst interessiert, weil nur teilweise eingeweiht, an der Tür gestanden hatte, ging in Michaelas Schlafzimmer. Er kam, künstlich stöhnend, mit einer stählernen Kiste zurück, die offensichtlich ziemlich schwer war, und stellte sie schnaufend auf den Boden.

»Danke. Wir haben hier …« Melchior öffnete die Kiste, griff hinein und holte eine Kette Bleigewichte heraus »… Bleigewichte, rund zwanzig Kilo. Sie hingen an der Backbordseite des Segelbootes, um das Kentern, das vorsätzliche Kentern, zu erleichtern. Ja, jetzt werden Sie natürlich sagen – sparen Sie sich den Kommentar, Herr Ebener! – das wäre kein Beweis! Es kann nicht bewiesen werden, dass die Gewichte am Boot hingen, die können aus dem Zweiten Weltkrieg stammen … Geschenkt, Herr Ebener. Ich weiß, dass dieser Fund nicht ausreicht, um Sie hinter Gitter zu bringen. Aber Sie wissen jetzt, dass ich weiß, was für eine Show am 20. Mai abgelaufen ist!«

»Blödsinn!« Das kam von Schildhauer. Ebener saß jetzt schon sehr unruhig auf der Couch. Melchior fand es interessant, dass er sich, von ihm aus gesehen, praktisch hinter Schildhauer verschanzt hatte und möglichst großen Abstand zu den Mädchen hielt, die beide mit dem Rücken zu Melchior saßen.

»Warten Sie es ab, Herr Schildhauer«, sagte Melchior leichthin. »Nebenbei hat mir der Major der Tauchergruppe heimlich gesteckt, dass die Aktion mit den Gewichten so was von überflüssig war. Die haben gar nichts bewirkt – bewirken können. Völlig amateurhaft, Herr Ebener! Aber das ist noch nicht alles, was die bemerkenswert gut arbeitende Tauchergruppe gefunden hat. Denn hier haben wir…« – er griff erneut in die Kiste – »…ja, wie soll ich das nennen? Einen Dummy. Oder? So nennt man das doch? Einen Holzkopf – immer diese Wortspiele, die mir auf der

Zunge liegen würden – einen hölzernen Kopf mit einem Eisengestell unten dran. Darf ich Ihnen vorstellen: Marinus Schildhauer.«

Er sah es ihm an. Ebener war besiegt. In dem Moment, in dem Melchior den Dummy aus der Kiste holte, schloss Ebener die Augen und mit seinem Schicksal ab.

»Die Sache war so«, erklärte Melchior der Vollständigkeit halber. »Im Bug befand sich dieser Dummy, das Eisengestell fixierte ihn im Rumpf. Auf dem Kopf eine tief in die Stirn gezogene Mütze, die Windjacke bis an den Kragen heraufgezogen, aber natürlich nur über das Eisengestell gelegt. Daher versank sie natürlich nicht so brav wie das Eisengestell und trieb auf dem Wasser. Vermutlich war unser Freund hier geschminkt, bemalt, was auch immer. Am 20. Mai ist er über Bord gegangen und ruhte seitdem sanft auf dem Grunde des Sees. Bis er gestern ans Tageslicht zurückkehrte.«

Ebener startete einen letzten Versuch: »Damit kommen Sie vor Gericht nie durch, das wissen Sie hoffentlich!«

Melchior nickte bedächtig. »In der Tat, das könnte sein. Es käme auf einen Versuch an, aber ich gebe Ihnen soweit recht. Das allein würde wohl immer noch nicht für eine Verurteilung reichen. – Hans, schalte den Computer ein.«

Das unvermeidliche Salutieren Schweingrubers. »Sofort, Chef.«

Melchior wandte sich wieder Ralf Ebener zu: »Ihr Pech und mein Glück war, dass eine gewisse Michaela Griese ein echter Filmfreak war, die alles und jeden ständig filmte. Und die stand zufällig an diesem Tag am Bootssteg und hat Ihren Unfall gefilmt, und zwar mit einem Super-Teleobjektiv. Dummerweise ist Michaela nun tot und kann keine Aussage mehr machen. Dummerweise ist auch auf ihrem Computer alles gelöscht, was sie so gefilmt hatte an jenem Tag. Aber …«

Melchior ging zu der Pinnwand und deutete darauf: »Michaela hat wohl offenbar doch gefürchtet, dass ihre kleinen neckischen Spielchen eines Tages böse ausgehen könnten und vorsichtshalber etwas hinterlassen: Sehen Sie diesen kleinen Zettel hier? Ich habe ihn gestern entdeckt und mich gewundert über den merkwürdigen Spruch, der darauf steht. ›Fraget, so werdet ihr Antwort bekommen – suchet, so werdet ihr finden. Matthäus 19,1.‹ So was steht natürlich nicht in der Bibel. Ich kenne mich da aus, denn ich komme ja selbst drin vor: Matthäus 19,1 schildert den Aufbruch Jesu nach Judäa. Tja, was soll der Spruch dann bedeuten?«

Melchior ging einen Schritt nach rechts zu der Regalwand, in die sämtliche heruntergeworfenen Bücher wieder fein säuberlich eingeräumt worden waren.

»So wollen wir denn suchen! Na, was für ein Zufall! Hier steht ja eine Bibel – dann suchen wir doch mal nach Matthäus 19,1 und sehen wir nach, was wir denn finden wollen. Ja, was haben wir denn da? Eine DVD! Sieh an, sieh an! In einer eingeklebten Papierhülle, damit sie nicht herausfallen kann. Das ist aber mal eine hochmoderne Bibel. Wir fragten, wir suchten, wir fanden…«

Melchior nahm die DVD aus ihrer Hülle und gab sie Schweingruber, der sie sofort in das Laufwerk des Computers einlegte.

»Glauben Sie immer noch, dass ich vor Gericht damit nicht durchkomme, Herr Ebener? Ich habe meine Zweifel, Sie nicht auch? Großmeister des Computers: Bringe diese Bilder zum Laufen!«, sagte er in verschwörerischem Ton.

»Zu viel der Ehre, Chef«, grinste Schweingruber zurück. »Es sind größere Meister anwesend.«

»Mag sein. Die haben aber nicht gefunden, was wir haben. Ja, meine Herrschaften. Irgendjemand hat hier nach Michaelas Tod mächtig lange, aber vergeblich gesucht. Sie wissen natürlich, was auf der CD ist, Herr Ebener? Die Sicherheitskopie des Filmes mit dem Bootsunfall, und Sie ahnen natürlich auch, was wir sehen werden, nämlich genau das, was ich eben gesagt habe. Ich gebe zu, ich bin fies, dass ich Ihnen das schon vorher verraten habe. Aber um so mehr wollen wir jetzt den Film genießen!«

Auf dem Bildschirm lief der Film an. Zunächst war nur der See allein zu sehen, im Hintergrund die normalen Strandgeräusche, Wind im Mikrofon, kreischende Vögel, kreischende Kinder. Aber dann kam das Segelboot Ebeners ins Bild gefahren. Ebener war deutlich zu erkennen, und Melchior begann die Szene zu kommentieren: »Jetzt kommt eine super Stelle. Schauen Sie! Michaela hat hier ganze Arbeit geleistet. Sie hat, ich habe mir das erklären lassen, wie das geht, – hier, Hans, stopp! – dieses Standbild noch mal in sich gezoomt, wortwörtlich unter die Lupe genommen. Sehen Sie die Gewichte an der Bordwand des Schiffes? Sie sind nicht zu übersehen, wenn man heranzoomt. Ich glaube nicht, dass am Strand jemand so gute Augen hat. Beim Wendemanöver waren sie ja dann auch noch auf der dem Strand abgewandten Seite, nicht wahr? Also, das nenne ich jetzt einen Beweis. Nun geht's weiter: Sehen Sie? Da ist unser Dummy! Wieder gilt: Ohne Teleobjektiv, mit freiem Auge ist er vom Strand aus nicht zu erkennen. Kein Wunder, dass jeder geglaubt hat, Schildhauer säße im Boot ... Wieder Standbild und wieder Extrazoom! Danke, Michaela! Da ist er! Hölzerner geht es nicht. Wollen Sie eine Kopie?«

Im Zimmer herrschte betretenes Schweigen. Melchior ging langsam zur Couch und baute sich vor Ebener auf: »Wissen Sie, Herr Ebener, ich muss das jetzt sagen: Sie sind mir nicht einmal unsympathisch. Sie haben auch kein allzu großes Verbrechen begangen. Versicherungsbetrug. Nicht meine Disziplin. Dazu wurden Sie auch noch erpresst.

Dann unser Gespräch – Sie wissen schon – auch im grünen Bereich. Nichts daran auszusetzen … Na ja, ein wenig natürlich schon. Aber eines missfällt mir an Ihnen gewaltig. Wenn man vom Schicksal schon eins vors Schienbein kriegt, wenn alles schiefläuft, beruflich – vor dem 20. Mai war Ihre Firma nahezu bankrott, nicht wahr? –, privat – ich weiß, wovon Sie reden, o Gott, ich weiß es genau! – wenn das alles schon so dick daherkommt, wenn man schon auf dem Boden liegt, dann darf man alles tun, wirklich alles, nur nicht eines: den Weg in die Illegalität wählen. Ein Betrug, ein Diebstahl oder Ähnliches, nur um die Schwierigkeiten zu beseitigen, die man sich selbst eingebrockt hat, das ist nicht die Lösung. Das passt mir nicht an Ihnen! Und dann glaubten Sie ach so schlauer Fuchs auch noch, nur weil ich Huhn damals gepennt habe, Sie würden damit durchkommen! Und Sie wären sogar fast damit durchgekommen!

Aber was ist passiert? Das Schicksal hat, wie Sie es so schön formulierten, alles oder nichts gespielt. Nie und nimmer wäre Ihr Betrug durchschaut worden. Aber dann wird Michaela getötet, ich bekomme den Fall zugeteilt, hier hängt ein Foto von ihr am Chiemsee herum, ich erinnere mich an den Bootsunfall – und aus die Maus! Das Huhn ist schlauer geworden und hat den Fuchs geschnappt.«

»Klugscheißer!«, knurrte Ebener.

Auch Manfred Schildhauer fühlte sich bemüßigt, etwas anzumerken: »Und wo ist dann mein Herr Bruder, Sie Schlauberger? Hm?«

Melchior lächelte nur: »Bitte sehr, bitte gleich!«

Er griff in die Hosentasche und zog ein Papier heraus. »Anhand dieser Überweisung an Herrn Manfred Schildhauer, also an Sie selbst, durch die 500 000 Euro abzüglich Überweisungsgebühren – ganz schön happig übrigens –

am 4. September nach Nassau, Bahamas transferiert wurden, möchte ich stark vermuten, dass sich Marinus just dort aufhält.«

Schildhauer blickte ihn triumphierend an. »Ja. Stimmt. Meinen Respekt, Herr Kommissar. Nur dass Sie ihn dort nicht kriegen werden. Und mich übrigens auch nicht, weil ich von der ganzen Sache nichts gewusst habe ... Das müssen Sie jetzt einfach so akzeptieren, weil ich erst lange Zeit nach dem Betrug nach Deutschland gekommen bin. Ich bin völlig schockiert darüber, was sich mein Bruder und sein Partner hier geleistet ...«

»Bitte«, unterbrach ihn Melchior. »Bitte ersparen Sie mir das, Herr Schildhauer. Warten wir's ab, was das Gericht dazu sagen wird. Im Übrigen muss ich Ihnen recht geben. Es wird schwer, Ihren Bruder von den Bahamas zu holen. Nicht unmöglich, aber schwierig. Herr Ebener wird die Suppe wohl alleine auslöffeln müssen.

Aber, Herr Schildhauer, nebenbei bemerkt, so ganz unwissend waren Sie jetzt wirklich nicht. Denn nachdem wir herausgebracht hatten, dass Ihr Bruder in Nassau sitzt, forschten wir dort nach. Sie waren wohl die letzten fünfzehn Jahre nicht zufällig auf den Bahamas? Da ist doch ein Transportunternehmen Schildhauer in Nassau ansässig, auf das die Überweisung getätigt wurde. Das wird doch nicht etwa Ihnen gehören?«

»Na und? Ist doch schon klar gewesen, wenn Sie die Überweisung gesehen haben. Und – ist das etwa ein Verbrechen?«

»Also, ich seh das so: Ihr Bruder leitet jetzt das Unternehmen auf den Bahamas, und Sie haben seinen Platz hier eingenommen. Das setzt aber voraus, dass Sie sich abgesprochen haben. Eine Mitwisserschaft ist also möglicherweise doch nachweisbar ...«

»Nach dem Betrug, bitte schön! Und wenn schon? Peanuts! Aber sehen Sie mal zu, wie Sie das nachweisen können, und zwar ganz schnell! Denn ich bin ein freier Mann!«

Mehr brauchte er nicht zu sagen. Melchior verstand. Sobald er ihm auch nur den Rücken zuwenden würde, säße Schildhauer schon im nächsten Flugzeug auf die Bahamas. Na, mal schauen!

»Wenn Sie das so sehen …«, meinte er nur. »Dann muss ich mir vielleicht etwas einfallen lassen, um diesen Zustand zu beenden. Gut, soweit Teil eins der Geschichte. Nun zu Teil zwei.«

Melchior blickte Andrea an und deutete auf Ebener. »Übrigens, Andrea, es tut mir persönlich leid, dass es für Sie und Ralf Ebener jetzt so enden wird.«

Die junge Frau starrte ihn verwundert an. »Sie … Sie wissen?«

»Ihr Piercing ist mir sofort aufgefallen, Ebener hat genau das Gleiche – eine Art moderner Verlobungsring, nicht wahr? Hätte aber noch Zufall sein können. Ihr ›Viszlat‹ hat mich drauf gebracht. Ich hatte gehört, dass Ebener es am Telefon auch gesagt hat. Da ist bei mir sofort der Groschen gefallen.«

Andrea zuckte mit den Schultern. »Na und? Ist schließlich kein Verbrechen, jemanden zu lieben.«

Melchior schüttelte den Kopf. »Nein, natürlich nicht. Aber Verbrechen ist bereits das Stichwort. Denn im zweiten Teil der Geschichte geht es um Mord oder zumindest so etwas Ähnliches. Wir halten fest: Michaela hatte also diese Filmaufnahme. Sie erpresste damit Sie, Herr Ebener. Schildhauer, Komma, Marinus war ja schon auf den Bahamas. Sie mussten also notgedrungen selbst damit fertig werden. Und Sie gingen zur Bank, holten sich einen Kredit und bezahlten …«

»Was hätte ich denn machen sollen? Das Miststück …«

Andrea schrie mit schriller Stimme dazwischen: »Red nicht so von meiner Freundin! Wenn du nicht so ein verdammter Lump wärst, wär das alles nicht passiert!«

»Wohl wahr«, meinte Melchior ruhig. Er war sich inzwischen ganz sicher. »Sie haben Michaela nie gesehen, Ebener, stimmt's?«

Ebener wandte seinen Blick – und was für einen Blick – von Andrea ab und sah wieder zu Melchior. Er sah sehr, sehr traurig drein.

»Nein. Sie hat nur mit mir telefoniert, mit irgendeinem Handy, vermutlich sogar einem geliehenen. Über die Handynummer hab ich sie jedenfalls nicht gekriegt. Ich hab weder ihren Namen noch ihre Adresse jemals rausbekommen. Die Geldübergabe erfolgte per Schließfach am Bahnhof. Ich hab stundenlang gelauert, bis es mir zu dumm wurde. Wahrscheinlich hat sie mich genau gesehen und abgewartet, bis ich weg war. Hilfe hatte ich ja keine, Marinus war über alle Berge, wie Sie richtig gesagt haben. Sie kannte mich, aber ich kannte sie nicht. Ganz schlechte Karten. Hören Sie, Melchior: Dass sie tot ist, das tut mir ehrlich leid. Das müssen Sie mir glauben. Ich habe damit nichts zu tun.«

»Ich weiß. Sie haben sie nicht getötet. Gut, Sie kannten sie also nicht von Angesicht zu Angesicht. Das ist nicht unerheblich, das wollen wir im Hinterkopf behalten. Denn dann lernten Sie Andrea kennen …«

»Tja, Zufälle gibt's …«

»Wirklich ein Zufall?«

»Wieso nicht?«

»Ich meine ja auch nur. Das ist schon ein sehr großer Zufall. Wie kam es denn übrigens dazu?«

»Ich hab im Rosenheimer Radio ein Interview gegeben. Dabei hab ich gesagt, wenn sich jemand traut und genügend Talent mitbringt, soll er sich ruhig bei mir melden.

Handynummer dazu, Punkt. Am nächsten Tag rief Andrea bei mir an. Neben fünfzig anderen natürlich.«

Womit Melchior das auch wusste. Eine Theorie, mit der er in Geheimen noch gespielt hatte, war damit vom Tisch. Egal!

»Aha. Und dann gab ein Wort das andere. Zurück zu der Erpressung. Michaela hat zweimal abkassiert. Hatten Sie das Gefühl, damit wäre alles vom Tisch?«

Ebener lachte bitter. »Nein, ganz und gar nicht. Sie hat es mir sogar am Handy angedroht. Sie sagte: ›Du bist meine Altersrente. Ich melde mich wieder!‹ Wenn ich die in die Finger gekriegt hätte, dann …«

Schildhauer fuhr ihm lautstark dazwischen: »Hey, Mann! Vorsicht mit solchen Äußerungen vor den Bull … äh, Polizisten!«

Aber da kam er bei Ebener jetzt genau an den Richtigen. Der hatte inzwischen bemerkt, dass er allein für den Betrug gebraten werden würde, während sich die Gebrüder Schildhauer in der Sonne der Bahamas braten lassen würden. Das wirkte sich nicht eben positiv auf seine Stimmung aus.

»Du hältst die Klappe, klar? Sonst kann es passieren, dass du es nicht mehr zu einem Flugzeug schaffst, hast du verstanden?« Zu Melchior gewandt, fuhr er fort: »Es ist mir gleich, was Sie denken. Ich sage nur, wie es war. Ich hab sie nicht umgebracht. Und ich weiß auch nicht, wer es war. Glauben Sie mir, wenn ich es wüsste, würde ich auf der Stelle singen, wie noch keiner meiner Schützlinge gesungen hat!«

»Ja, kann ich mir vorstellen. Würde auch einen guten Eindruck auf den Richter machen. Nein, es ist offensichtlich, dass Sie Michaela nicht getötet haben … Sandra!«

Sandra hatte die ganze Zeit über teilnahmslos auf ihrem Platz gesessen wie jemand, der gar nicht dazugehört, und fuhr zusammen, als sie angesprochen wurde. Verschreckt schaute sie auf. »Ja?«

Melchior musste grinsen. »Sorry, ich wollte Sie nicht erschrecken. Wir sind dran, Mädchen. In der Disco am Samstag ... Erzählen Sie doch, wie das genau abgelaufen ist.«

»Was meinen Sie?«

»Sie und Michaela saßen am Anfang allein an einem Tisch, ja? Und dann kamen Andrea und Ebener herein ...«

»Ja, das war so kurz nach zehn...«

Das Night Fever war, wie immer am Samstagabend, gut besucht. Erst in ein oder zwei Stunden würde es richtig voll werden, und ab Mitternacht ging es dann so richtig ab. Dennoch, die Tanzfläche war schon gut gefüllt. Michaela und Sandra unterhielten sich gerade über Unbedeutendes, als Sandra Michaela am Arm berührte.

»Schau mal einer an, da kriegt man den Kerl endlich mal zu sehen ...«

Michaela drehte sich um, sah aber nicht sofort, um wen es ging. »Wen?«, fragte sie arglos.

»Andreas Freund! Das achte Weltwunder, der Mega-Lover, der Zauberer ... Uuuh!« Sie malte jeweils Anführungszeichen in die Luft, als sie die Worte sagte.

Aber Michaela reagierte, als sie den Angesprochenen endlich sah, völlig anders, als Sandra es erwartet hätte. Sie sprang in Panik auf, nahm ihr Täschchen, das auf dem Tisch lag und packte Sandra grob am Arm.

»Die zwei dürfen auf keinen Fall hierher«, schrie sie Sandra ins Ohr. »Wimmel sie ab, verstehst du? Wimmel sie sofort ab!«

»He, sag mal, spinnst du? Was soll das? Wieso denn?«

Aber Michaela packte sie nur noch kräftiger.

»Tu gefälligst, was ich dir sage! Wenn dir etwas an mir liegt, dann tu, was ich dir sage. Ich verschwinde, und wenn ich wiederkomme, sind die beiden weg, klar? Oder wir sind die längste Zeit Freundinnen gewesen!«

Sandra dachte, Michaela sei komplett verrückt geworden, aber als Ebener zusammen mit Andrea an ihren Tisch kam, machte sie den beiden tatsächlich klar, dass sie sich besser an die Bar setzen sollten. Sie musste dabei sehr viel Fantasie aufbringen, um sich etwas halbwegs Glaubwürdiges einfallen zu lassen. Ein bestimmter, noch unbekannter Mann spielte dabei eine Rolle. Für den wären die beiden Plätze reserviert. Ihr war es gar nicht recht, dass sie Andrea so anlügen musste.

Es erschien Sandra aber so, als sei das Ebener durchaus recht gewesen. Wer legt schon Wert darauf, einen Abend mit den besten Freundinnen seiner Freundin zu verbringen? Im Rudel sind Freundinnen meist unerträglich für einen einzelnen Mann. Er war doch lieber allein mit ihr. Andrea allerdings war stinksauer und verabreichte Paprika, aber in Familienpackung!

Als Michaela wieder an den Tisch kam, setzte sie sich so ins Halbdunkel, dass sie von der Bar aus nicht gesehen werden konnte, und kam auch für den Rest des Abends – der für Sandra nur mehr knapp zwei Stunden dauerte – allenfalls ganz sporadisch aus ihrer Deckung heraus. Lediglich für einen netten mittelalterlichen, aber jung gebliebenen Tänzer verließ sie ihr Versteck zweimal für kurze Zeit, aber auch mit dem tanzte sie weit weg von der Bar.

Sandra gab es irgendwann auf, sich über das Verhalten Michaelas zu wundern, nachdem sie mehrfach mit Nachfragen abgeblitzt war.

Melchior sah wieder zu Ebener. »Sehen Sie, es hatte durchaus eine gewisse Bedeutung, dass Sie Michaela nie gesehen haben. Ich kann mir vorstellen, was in ihr vorgegangen ist. Da kommt ihre Freundin Andrea ausgerechnet mit dem

Typen daher, den sie monatelang erpresst hat. Sie konnte sich auch nicht vor ihm blicken lassen, weil sie das Risiko nicht einschätzen konnte, ob er sie nicht doch zufällig erkennen würde. Sie konnte ja nicht sicher sein, nicht wahr? Eine vertrackte Situation.

Aber noch schlimmer für Michaela muss gewesen sein, dass ihre Freundin Andrea, die liebe, gute Andrea, ausgerechnet mit diesem Mann beisammen ist. Von allen Männern, die auf diesem Planeten herumlaufen, musste sie ausgerechnet mit Ralf Ebener beisammen sein. Das muss sie fertiggemacht haben.«

Sandra nickte eifrig. »Ich sagte ja schon: Für den Rest des Abends war sie wie ausgewechselt. Überhaupt nicht mehr bei der Sache, abweisend, total zickig. Und ich habe jetzt erst erfahren, warum! Sie hat mir ja kein Wort gesagt. Sie sind wirklich das Letzte!«, fauchte sie wütend zu Ebener hinüber.

»Ja, ich glaube, dem ist nichts hinzuzufügen. So, nur der Vollständigkeit halber: Würden Sie noch mal Ihre Aussagen von Montagvormittag wiederholen? Wann haben Sie das Lokal verlassen, Sandra?«

»Ich hatte irgendwann endgültig die Nase voll von diesem tollen Abend. Etwa um Mitternacht.«

»Ebener?«

»Kurz vor halb eins. War schon spät dran. Ich hatte mein Gepäck im Auto und bin von der Disco aus direkt nach München gefahren. Musste ein wenig aufs Gas treten, damit ich den Zug noch erwische.«

»Andrea.«

»Etwa um eins, nachdem Ralf gegangen war. Ich hab mir dann noch überlegt, ob ich mit Michaela reden soll, aber ich hatte echt keine Lust dazu. Deshalb bin ich gegangen.«

»Allein?«

»Ich habe es Ihnen doch schon gesagt. Ja.«

»Sandra, haben Sie mitbekommen, wann Andrea in dieser Nacht nach Hause gekommen ist?«

Sandra lächelte entschuldigend. »Tut mir leid, aber ich habe schon geschlafen. Und wenn ich schlafe, schlafe ich wie ein Murmeltier. Ich hab nicht gehört, wann sie gekommen ist. Erst am nächsten Morgen haben wir uns dann wieder gesehen. Sie hat mir eine ganz schöne Szene gemacht ... Es tut mir so leid, Andrea ...«

Melchior akzeptierte. »Zurück in die Disco: Andrea, als Sie gingen: Wo war Michaela zu diesem Zeitpunkt?«

Andrea schien nun sichtlich genervt: »Auf der Tanzfläche.«

»Entschuldigen Sie, aber das finde ich merkwürdig. Ebener war doch jetzt weg, und anstatt sich mit Ihnen auszusprechen, tanzt dieselbe Michaela, die den ganzen Abend stinkig war, jetzt lustig in der Landschaft herum.«

»Ich kann es nicht ändern. So war es aber!«

»Na gut«, meinte Melchior. »Wir werden ja sehen ...«

Er drehte sich zu Schweingruber um, der sich inzwischen wieder an der Tür aufgestellt hatte – reine Vorsichtsmaßnahme für den Fall, dass sich einer der Herrschaften vorzeitig verabschieden wollte.

»Ist unser Überraschungsgast eigentlich da?«

Schweingruber öffnete die Tür einen Spalt und sah hinaus. »Ja. Chef. Er steht vor der Tür und macht natürlich das, was er immer macht ... Soll er hereinkommen?«

»Ja, bitte.«

Schweingruber sah enttäuscht zu Boden: »Schade.«

»Wieso?«

»Ach nichts. Ich wollte nur einmal in meinem Leben zu einem Türsteher sagen: Du kommst hier nicht rein! Und jetzt soll ich ihn auch noch darum bitten.«

Er öffnete, den mitleidigen Blick Melchiors ignorierend, die Tür ganz.

»So, Herr Waitl, würden Sie jetzt bitte hereinkommen?«

Eine Mischung aus Hell's Angel und Weihnachtsmann betrat den Raum. Jedenfalls kam er Melchior, der Waitl zuvor noch nicht gesehen hatte, so vor. Ein gutmütiger Rocker, der etwas über dreißig Jahre alt sein mochte. Auf Grund des dichten, langen Bartes war sein Alter schwer zu schätzen, aber über dreißig war er auf jeden Fall, weil sich bereits ein paar graue Haare im Bart versteckten. Die Haare waren nicht einmal besonders lang, aber wild und durcheinander, und die Augenpartie war voller lustiger Fältchen. Er war Melchior auf den ersten Blick unglaublich sympathisch.

Beim Football hätte man Waitl sicher irgendwo an der Line of scrimmage aufgestellt, vermutlich zum Schutz des eigenen Quarterbacks. Melchior gingen einige Situationen in seinem Leben durch den Kopf, in denen er sich gewünscht hätte, einen Leibwächter von dieser Statur zu haben. Der Mann strahlte jedenfalls eine natürliche Autorität aus. Wer legte sich schon freiwillig mit einem Bären an? Dabei sah man aber auf den zweiten Blick, dass Waitl ein grundfriedlicher Mensch war. Eigentlich war es auch klar. Ihn anzugreifen traute sich eh keiner, und er selbst hatte Gewalt nicht nötig. Das war also der Türsteher des Night Fever.

Schweingruber hatte am späten Nachmittag des Vortages ein langes Gespräch mit ihm geführt und Melchior dann telefonisch über die Aussage Waitls informiert, als dieser schon nicht mehr in der Dienststelle gewesen war. Daraufhin hatte Melchior nicht lange gezögert und Waitl zu diesem Showdown hinzubeordert. Es stand für Melchior fest, dass der Fall jetzt in wenigen Minuten aufgeklärt sein würde.

»Herr Waitl«, sagte Melchior und streckte dem Bären die Hand hin. Waitl schüttelte sie, und hinterher schüttelte

Melchior seine Hand noch mal für sich alleine, denn der Griff war sehr beherzt gewesen. »Ich grüße Sie. Ich bin Oberkommissar Melchior. Vielen Dank, dass Sie gekommen sind. Ist natürlich ein ungünstiger Termin für Sie. Es wird aber ganz schnell gehen, das verspreche ich Ihnen.«

Waitl sagte nichts dazu, sondern nickte nur. Noch einer, der nicht viel Worte machte.

»Zur Erklärung – aber das wissen Sie natürlich alle: Herr Waitl ist der Türsteher im Night Fever, der Herr darüber, wer das Lokal betreten darf und wer nicht. Und er weiß genau, wer es betritt und wann er wieder geht, nicht wahr, Herr Waitl?«

Mit einem unglaublichen, brummigen Bass antwortete Waitl: »Sicher.«

Wenn Melchior irritiert war, dann zeigte er es zumindest nicht. »Kommen wir zum Punkt. Kennen Sie einen oder mehrere der hier Anwesenden?«

Waitl sah alle der Reihe nach an. »Alle. Bis auf Sie.«

»Ja, klar. Sie reden nicht viel, gell? Hab ich schon gehört.« Er nahm ein Foto Michaelas, das er auf den Tisch gelegt hatte, und reichte es Waitl.

»Das heißt, beide Männer und beide Frauen – und natürlich auch Michaela Griese, die Sie auf dem Foto sehen?«

»Ja, alle. Herrn Ebener kenne ich am besten. Er managt meine alten Kumpels. Feiner Kerl, der Herr Ebener.«

Auf den fragenden Blick Melchiors erklärte Ebener: »Die Rockband, von der wir gesprochen haben.«

Melchior fiel es wieder ein. »Ach die, die jetzt in der Hitparade sind. Meinen Sie die, Herr Waitl?«

»Ja. Der Gitarrist ist ein alter Spezi von mir. Ich mach auch die Security für sie.«

»Gut. Herr Waitl. Sie sagen uns jetzt bitteschön, wann und in welcher Gesellschaft wer der fünf Betroffenen am Samstag das Night Fever verlassen hat.«

»Ha?«

Okay, das war vielleicht zu kompliziert für ein schlichtes Gemüt.

»Wer von den Herrschaften war am Samstag im Lokal?«

»Der da gar nicht.«

Melchior seufzte. »Ein paar Worte mehr wären schon hilfreich, Herr Waitl, bitte. Soll das heißen, Herr Schildhauer war am Samstag nicht im Night Fever?«

»Richtig«, brummte der Bär.

»Wann und mit wem ist Herr Ebener gekommen?«

»Kam um zehn, zusammen mit der Heavy-Metal-Braut, die da sitzt.«

»Sie meinen Andrea. Wann ist Herr Ebener gegangen?«

»Etwa um halb eins. Allein. Hab mich noch darüber gewundert …«

»Gut. Sandra Witt? Das ist diese junge Dame hier.«

Die Antworten kamen nun alle wie aus der Pistole geschossen. Waitl wusste wirklich über seine Kunden Bescheid und hatte ein phänomenales Gedächtnis. »Kam um halb zehn, als wir aufmachten, zusammen mit der von dem Foto.«

»Und ging?«

»Weiß ich nicht genau. Schätze, etwa um zwölf. Alleine.«

»Fantastisches Gedächtnis, Herr Waitl. Jetzt wird es interessant. Die restlichen beiden Mädchen?«

»Das weiß ich genau, hab ja mit Ihrem Kollegen darüber gesprochen. Die gingen um halb zwei. Miteinander.«

Andrea zeigte plötzlich ein ganz ungewöhnliches Interesse an ihren Fingernägeln. Zuerst kaute sie an einem herum, dann schaute sie ihn lange Zeit an. Sandra dagegen stand der Mund offen.

Tief befriedigt sagte Melchior: »Noch mal langsam in Zeitlupe für alle, die das vielleicht nicht mitbekommen haben. Andrea und Michaela verließen das Lokal also gemeinsam?«

»Ja.«

»Gegen halb zwei?«

»Vielleicht auch ein paar Minuten früher. Aber ungefähr um die Zeit.«

»Warum wissen Sie das so genau?«

Der Bär kratzte sich verlegen am Bart. »Weil sie einen riesigen Aufriss veranstaltet haben. Die beiden haben so laut gestritten, dass die Leute, die vor der Tür warteten, ganz still geworden sind. Die haben alle nur noch den beiden zugehört.«

»Können Sie uns sagen, worum es bei dem Streit ging?«

»Um einen Mann. Schätze, um Herrn Ebener. Entschuldigen Sie, tut mir leid, aber die haben gesagt, ich muss hier die Wahrheit sagen. Ich möchte nicht, dass ich Ihnen schade, Herr Ebener.«

»Keine Sorge«, meinte Melchior. »Mit dieser Aussage schaden Sie Herrn Ebener sicher nicht. Da brauchen Sie keine Angst zu haben. Um den geht es dabei gar nicht. Haben Sie irgendetwas Bestimmtes gehört, was die Mädchen gesagt haben, und im Kopf behalten?«

Waitl rümpfte bloß die Nase. »Nicht so viel. Ging mich ja nichts an. Die Rote gab Herrn Ebener …«

»Die Rote, damit meinen Sie Michaela Griese, ja? Das Mädchen auf dem Foto?«

»Ja. Sie gab Herrn Ebener irgendwelche Schimpfnamen und sagte der Schwarzen – also der, die da sitzt – sie solle ihre Finger von ihm lassen. Aber die wollte wohl nicht. Hab mir gedacht, die Rote ist wohl selber scharf auf ihn … Ich meine, weil die Schwarze ja mit Herrn Ebener zusammen gekommen war. Da hab ich mir gedacht, schau an, wie sie dem nachlaufen!«

»Mehr haben Sie nicht verstanden?«

»Nein. Die zwei sind wie der Teufel abgehauen, als sie merkten, dass wir ihnen alle zuschauen.«

Na ja, das reichte ja auch.

»Gut, vielen herzlichen Dank, Herr Waitl. Das wäre es dann. Wir haben ihre schriftliche Aussage ja schon gestern erhalten. Sie können jetzt endlich schlafen gehen.«

Waitl sah dennoch ein wenig zerknirscht aus. »Schon okay. Und, Herr Ebener – nichts für ungut. Sind ein guter Mann …«

Ebener sagte nur lakonisch: »Danke. Vielen Dank. Das richtet mich jetzt wieder auf.«

Melchior wartete, bis Waitl das Zimmer verlassen hatte, dann setzte er sich neben Sandra auf die Couchlehne. Diese rückte vorsichtshalber gleich mal ein Stück zur Seite, während Andrea immer noch intensiv mit ihrem Fingernagel beschäftigt war.

»Es gibt zwei Dinge, Andrea, die jetzt geklärt werden müssen. Zunächst das Auto, Michaelas Auto. Es stand also, wie Sie mir selbst gesagt haben, vor oder in der Nähe des Night Fever. Aber zum einen wurde damit Michaelas Leiche transportiert. Und zum anderen steht es jetzt hier unten in der Parkgarage. Auf den ersten Blick macht das schon Sinn. Der Täter musste ja hierher kommen, um Michaelas Wohnung zu durchsuchen. Aber, und das ist der Haken: Wie ist der Mörder dann ohne das Auto wieder von hier weggekommen – mit all dem, was er in der Wohnung gestohlen hatte? Eine Weile dachte ich, es könnten vielleicht zwei Täter gewesen sein mit zwei Autos. Aber das war ein Irrtum. Denn als ich gestern in meinem Büro die Landkarte studiert habe, ist mir etwas aufgefallen: Sehen Sie, wenn ich, und das habe ich ja zweimal gemacht, zum Samerberg fahre, zum Hof von Ralf Ebener, dann nehme ich die Autobahn. Würden Sie vermutlich auch tun. Oder besser gesagt, Michaela hat es vermutlich auch getan.

Aber natürlich kann man auch über die Landstraße fahren. Dann kommt man zuerst nach Stephanskirchen und dann nach Thansau, und dazwischen kommt man ganz zufällig an dem Gasthof vorbei, in dessen Hof Michaelas Leiche gefunden wurde.

Und daraus schließe ich, dass Michaela dort gestorben ist: in Ralf Ebeners Bauernhof. Sie ist selbst dort hingefahren, nachdem Sie beide aus der Disco kamen. Und dann wurde sie mit ihrem eigenen Auto abtransportiert und in den Hof der Gastwirtschaft gelegt. Danach fuhr der Täter weiter. Hierher, um in Michaelas Wohnung zu gelangen.«

Die ganze Zeit über hatte Andrea Melchior nicht eines Blickes gewürdigt, sich nur mit ihrem Fingernagel beschäftigt, von dem inzwischen nicht mehr viel übrig sein konnte.

»Und zum zweiten Punkt: Hans und ich hatten doch diesen kleinen Blackout, was die Fingerabdrücke an Michaelas Computer betrifft. Zuerst Hans, als er ohne Handschuhe arbeitete, und dann ich, als ich es nicht verhindern konnte, dass Sie ebenfalls die Tastatur berührten. Deshalb waren natürlich Ihre Fingerabdrücke am PC. Klar.

Wir dachten uns nichts dabei. Das war ein Fehler. Denn wenn man die Sache von der anderen Seite aus betrachtet, ist nichts anderes geschehen, als dass Sie vor unseren Augen Ihre Fingerabdrücke dorthin gebracht haben, wo Sie sie haben wollten und wo sie auch vorher schon gewesen waren. Auf dem PC waren keinerlei andere Abdrücke außer den unseren und den Ihren.

Sie waren schon vorher am PC gewesen. Und Sie haben versucht, uns zu täuschen und diese Tatsache zu verschleiern. Vorher heißt in der Nacht, als Michaela starb. Die Kenntnisse, Dateien endgültig zu löschen, hatten Sie auch. Das heißt, Sie erfüllen alle Voraussetzungen, diejenige zu sein, die in der Nacht die Wohnung durchsucht hat. Und genau Sie waren das auch.«

Kein Paprika mehr. »Ja, das stimmt«, stammelte Andrea ganz leise.

Melchior atmete auf. Dieses wohlige Gefühl in seiner Magengrube, das sich bei solchen Gelegenheiten gern breitmachte, wollte sich allerdings nicht einstellen.

»Woher wussten Sie, was Sie suchen mussten? Ich kann nicht glauben, dass Michaela Ihnen gesagt haben soll: Hey du, in meiner Wohnung ist ein Video, et cetera …«

»Hat sie auch nicht.«

»Dann wäre es richtig nett von Ihnen, uns den Rest der Geschichte zu erzählen. Bis jetzt weiß ich nur, dass Michaela und Sie vom Night Fever aus zum Samerberg gefahren sind, richtig?«

»Ja.«

»Also, da Sie nun schon so schön geständig sind, machen Sie ruhig weiter!«

»Ich wollte sie nicht töten …«

»Das wäre Punkt drei meiner Ausführungen gewesen. Mein Freund, der Staatsanwalt – schau nicht so, Hans! Ich meine das ernst – der Staatsanwalt hat gestern gemeint, seiner Erfahrung nach wäre Tod durch Genickbruch immer Tod im Affekt. Warum erzählen Sie uns nicht einfach, wie es passiert ist?«

Andrea stoppte jetzt endlich die Behandlung ihres Fingernagels, sah Melchior sogar kurz an und begann, sich die Sache von der Seele zu reden: »Im Night Fever hat mich Michaela, kurz nachdem Ralf gegangen war, gepackt und wollte mich ›aufklären‹. Ich hab mir ihre Geschichte angehört. Zunächst ganz ruhig. Sie hat mir alles erzählt, sogar dass sie das gefilmt hatte. Dass sie Ralf erpresst hat, hat sie natürlich nicht erwähnt …« Andrea lachte bitter auf. »Na ja, ich habe ihr natürlich kein Wort geglaubt. Warum hätte ich auch sollen? Ich dachte, sie … das, was Waitl auch gedacht hat, dass sie ganz einfach scharf auf ihn ist … Wir fingen an zu streiten, und plötzlich hatte Michaela die Idee, zu Ralf zu fahren, um ihn zur Rede zu stellen, damit ich ihr glaube.«

»Ist das so? Die Idee kam von ihr?«, fragte Melchior verwundert.

»Ja. Jetzt finde ich es auch seltsam. Weil … wenn alles offen wird, wäre sie ja wegen Erpressung dran …«

Melchior nickte. »Nicht nur das. Wissen Sie, wie sehr Michaela Sie gemocht haben muss? Wie ehrlich besorgt sie um Sie gewesen sein muss? Sie hätte ihre Altersversorgung für Sie in den Wind geschossen. Wenn es ganz dumm läuft, hätte einer der hier anwesenden Herren auch beschließen können, einen endgültigen Strich unter die Affäre zu machen, mit letalem Ausgang! Dass sie wegen Erpressung vor Gericht gemusst hätte, glaube ich weniger. Denn im günstigsten Fall hätte sie sich mit Ebener auf ›Du tust mir nichts – ich tu dir nichts‹ einigen können.

Aber dennoch wäre es für Michaela sehr, sehr schlecht gelaufen. Keine Kohle mehr! Das hat sie alles für Sie aufs Spiel gesetzt.«

Andrea lachte wieder bitter. »Davon hab ich in der Nacht leider gar nichts gemerkt. Ich habe nur gesehen: Wenn das alles wahr ist, was Michaela sagt, dann ist alles aus für mich: die Beziehung mit Ralf, meine Karriere, meine Zukunft, alles …«

»Ich wusste gar nichts von alledem …«, warf Ralf Ebener ein. »Andrea, warum hast du nichts gesagt?«

»Ich wollte ja! Aber du hattest keine Zeit für mich. Du warst ja im Zug nach Berlin. Und danach …«

»Sie haben sich seitdem nicht mehr gesehen?«, forschte Melchior.

»Nein. Nur zweimal telefoniert.«

»Am Telefon wollte ich es dir nicht sagen. Außerdem war es eh zu spät«, erklärte Andrea.

Ja, dachte Melchior. Wenn Ebener in der Nacht noch zu Hause gewesen wäre, wenn alle Beteiligten vernünftig miteinander geredet hätten, wenn man sich zum Wohle aller untereinander geeinigt hätte – dann würde Michaela wahrscheinlich noch leben. Pech! Dumm gelaufen!

Er wollte jetzt langsam zum Schluss kommen und drängte: »Gut. Weiter. Sie fuhren also mit Michaelas Wagen hinaus zum Bauernhof. Was geschah dann?«

»Auf der Fahrt schimpfte Michaela immer weiter auf Ralf, und ich schimpfte zurück. Es war scheußlich. Ich habe so etwas noch nie erlebt! In Ungarn wird auch viel geschimpft – aber so schlimm … Und als wir endlich bei Ralf waren, wurde es noch schlimmer. Ich hatte gehofft, dass er noch da wäre, aber er war gar nicht mehr nach Hause gefahren, sondern direkt vom Night Fever nach München zum Bahnhof, zu seinem verdammten Zug, weil ja die Arbeit so wichtig ist …«

Irgendwo fühlte sich Melchior angesprochen bei diesem Satz. »Aber Herr Schildhauer war da, nicht wahr?«

»Ja.«

In sehr, sehr gefährlichem Ton zischte Schildhauer: »Pass jetzt ja auf, was du sagst, Mädchen, sonst …«

Und Melchior konterte ebenso scharf: »Sonst was?«

Sofort machte Schildhauer einen Rückzieher und maulte. »Ich lasse mir von der da jedenfalls nichts anhängen, dass das klar ist!«

Überfreundlich ließ Melchior ihn wissen: »Mein lieber Herr Schildhauer, was immer in meiner Macht steht – und wenn ich nur einen nicht bezahlten Strafzettel finde! – ich sorge dafür, dass Sie hier nicht so einfach davonkommen. Versprochen und großes Ehrenwort! … Jetzt weiter, Andrea. Wie hat Schildhauer reagiert?«

»Er hat mir ins Gesicht gesagt, dass Michaela Ralf erpresst hat. Vor Michaela.«

»Auweh, das ist hart!«

»Und Michaela stand nur da und stritt es nicht einmal ab – konnte sie ja auch nicht. Und ich dachte nur, wie kann sich Michaela so … wenn sie selbst … ich meine, sie erpresst Ralf und macht mich fertig, weil Ralf so ein Lump ist, dabei ist sie selbst nur eine miese, kleine Erpresserin!«

»Ich verstehe. Und dann sind Sie endgültig explodiert?«

Andrea fing an zu weinen. »Ich hab ihr doch nur einen kleinen Schubser gegeben.«

Schildhauer, dem seine Lage sehr wohl bewusst war und der in die Offensive gehen musste, mischte sich ein: »Kleiner Schubser ist gut … Ich erzähl das mal fertig, bevor ich hier noch plötzlich wegen Mordes angeklagt werde. Die zwei Weiber sind aufeinander losgegangen wie die Furien. Es ging ganz schnell: ratzfatz, bumm! Ich wollte ja noch dazwischengehen, hätte mir sogar gefallen, ein bisschen mitzumischen, aber zu spät. Die Schlampe ist mit dem Hinterkopf auf den Eichentisch im Wohnzimmer gefallen. Sie war sofort hinüber. Ich hab nur gedacht: So, wie sie da liegt, durfte sie nicht bleiben. Also hab ich Andrea gesagt, sie soll die Leiche irgendwohin schaffen und aus.

Ich gebe zu, dass ich ihr beim Einladen ins Auto geholfen habe. Aber sonst nichts! Ende der Aussage.«

»Na, aber dass da eine DVD bei Michaela herumliegt, haben Sie ihr sicher auch noch gesteckt, oder?«

Schildhauer knurrte nur.

»Und sehen Sie, Herr Schildhauer? Schon habe ich den Grund, Sie festzuhalten. Mithilfe bei der Verschleierung einer Straftat. Reicht. Sie sind vorläufig festgenommen, nur damit das schon mal klar ist.«

»Wird sicher lebenslänglich werden«, meinte Schildhauer höhnisch. »Und wenn ich raus bin, bin ich weg! Auf der Stelle.«

»Vielleicht. Vielleicht auch nicht. Wir werden sehen.

Okay. Bis auf Frau Witt nehmen wir Sie alle in Gewahrsam. Irgendwelche Widersprüche?«

»Was wird jetzt mit mir?«, fragte Andrea schluchzend. »Ich wollte das doch nicht …«

Melchior wiegte den Kopf. »Ich schätze, zu hart wird es nicht kommen. Die Anklage wird wohl auf Totschlag lauten. Im Affekt noch dazu. Mit einem guten Anwalt kommen Sie vielleicht sogar mit einer Bewährungsstrafe davon. Nur die Verschleierung könnte sich äußerst negativ auswirken. Aber zu der hat Sie ja unser famoser Herr Schildhauer gedrängt.«

Melchior blinzelte Schildhauer lächelnd zu.

»Alles in allem reißt man Ihnen den Kopf sicher nicht ab. Ihre Karriere können Sie allerdings verschieben, weil die Herren Produzenten so schnell nicht mehr produzieren werden, außer Papiertütchen. Schildhauer, ach, reden wir nicht mehr davon, Ebener wegen Versicherungsbetruges, und was wir in Sachen Schildhauer, Komma, Marinus, Komma, Bahamas, machen können, weiß ich nicht. Ende der Veranstaltung. Hans, sag den Kollegen bitte Bescheid. Abtransport. Den Staatsanwalt verständige ich selbst.«

Schweingruber grinste wie ein Maikäfer. »Jawoll! Sofort! Dann darf ich mal bitten, die Herrschaften und Damenschaften.«

Alle verließen die Wohnung, wo sie von den bereitstehenden Polizisten bereits in Empfang genommen wurden. Nur Melchior blieb, trat ans Fenster, schaute zufrieden hinaus und zündete sich seine vorhin erloschene Pfeife wieder an. Aber jetzt war es eine Friedenspfeife, und er sagte laut zu sich selbst: »Oh ja, die Wohnung gefällt mir immer besser …«